THE ESSENTIAL KAFKA
COLLECTION

乡村医生

卡夫卡短篇小说集

[奥] 卡夫卡◎著　央金◎译

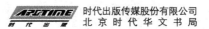

时代出版传媒股份有限公司
北京时代华文书局

图书在版编目（CIP）数据

乡村医生：卡夫卡短篇小说集／（奥）卡夫卡著；央金译. —北京：北京时代
华文书局，2016.6

ISBN 978-7-5699-0933-3

Ⅰ.①乡… Ⅱ.①卡… ②央… Ⅲ.①短篇小说–小说集–奥地利–现代
Ⅳ.①I521.45

中国版本图书馆 CIP 数据核字（2016）第 101487 号

新业文学经典丛书

乡村医生：卡夫卡短篇小说集

著　　者｜［奥］卡夫卡

译　　者｜央　金

出 版 人｜杨红卫

选题策划｜黎　雨

责任编辑｜胡俊生

装帧设计｜张子墨

责任印制｜刘　银

出版发行｜时代出版传媒股份有限公司 http://www.press-mart.com
　　　　　北京时代华文书局 http://www.bjsdsj.com.cn
　　　　　北京市东城区安定门外大街 136 号皇城国际大厦 A 座 8 楼
　　　　　邮　编：100101　　电话：010-64267120　64267397

印　　刷｜河北信德印刷有限公司

开　　本｜880mm×1230mm　1/32

印　　张｜8.25

字　　数｜180 千字

版　　次｜2016 年 6 月第 1 版　　2024 年 1 月第 2 次印刷

书　　号｜ISBN 978-7-5699-0933-3

定　　价｜46.00 元

序

毛姆在《书与你》中曾提到："养成阅读的习惯，使人受益无穷。很少有体育运动项目能适合盛年不再的你，让你不断从中获得满足，而游戏往往又需要我们找寻同伴共同完成，阅读则没有诸如此类的不便。书随时随地可以拿起来读，有要紧事必须立即处理时，又能随时放下，以后再接着读。如今的和乐时代，公共图书馆给予我们的娱乐就是阅读，何况普及本价钱又这么便宜，买一本来读没有什么难的。再者，养成阅读的习惯，就等于为自己筑起一个避难所，生命中任何灾难降临的时候，往书本里一钻，不失为一个好办法。"

古人也说"开卷有益"。但面对浩如烟海的图书，如何选取有益的读本来启迪心智，这就需要有一定的鉴别能力。

对此，叔本华在《论读书》里说：

"……对善于读书的人来说，决不滥读是很重要的。即使是时下享有盛名、大受欢迎的书，如一年内就数版的政治宗教小册子、小说、诗歌等，也切勿贸然拿来就读。要知道，为愚民而写作的人反而常会大受欢迎，不如把宝贵的时间用来专心阅读古今中外出类拔萃的名著，这些书才真正使人开卷有益。

"坏书是灵魂的毒药，读得越少越好，而好书则是多多益善。因为一般人通常只读最新的出版物，而不读各个时代最杰出的作品，所以作家也就拘囿在流行思潮的小范围中，时代也就在自己的泥泞中越陷越深了。"

正如叔本华所言，"不读坏书"，因为人生短促，时间和精力都是有限的。

出版好书，让大家有好书读。基于这样一个目的和愿景，便有了这样一套"国内外大家经典作品丛书"，希望这些"古今中外出类拔萃的名著"，能令大家"开卷有益"。

编　者

目　录

考试

　　我是个仆人，但是没什么活可以让我干。我胆子小，不愿出风头，甚至从未和别人争过高低，当然，这也只是我无所事事的一个原因，又或许，这根本与我无所事事无甚关系。说到最主要的原因无疑是我从没被叫去听差，其他仆人都被叫过，我知道他们都不曾像我这样一心想去做事，也许他们连被叫去做事的愿望也从未有过，而我有这种愿望而且在不少时候还是十分强烈和迫切的。

　　在很多日子里，我就这样躺在仆人房间的木板床上，望着头顶上面的房梁，睡着了，醒过来，然后又睡着了。偶尔我就去那边的酒馆，酒馆里卖的是一种酸啤酒。很多时候，我厌恶得真想把那杯酒倒掉，不过最后我还死又把它灌进了肚子。

实话说，我很喜欢坐在那家小酒馆里，因为躲在那扇紧闭的小窗子后面，我可以观望对面我居住的那栋房子的窗户，而且也不会有人发现。从那里看临街的一面其实也看不到多少东西，我猜测，能看到的大约只是走廊的窗户吧，而且那条走廊还不是通往主人房间的。不过我也不能保证我的猜测一定正确，可能我也会弄错的。有那么个人，我也没问他，他曾一口咬定说我没弄错，而那栋房子的正面给人的总体印象似乎也证实了这一点。那些窗户多数时间都是关着的，很少被打开。如果某一天窗户打开了，那一定是某个仆人干的，随后他也许还会趴在窗台上往下看上一会儿。如此说来，那应该是一条不会被人抓住的走廊，至少对那个打开窗子的仆人而言是的。另外，我也不认识那些仆人，因为总在那上面做事的仆人是睡在另外的地方的，不是我住的那个房间。

有一天，当我来到酒馆时，我的观察位上已经坐着一位客人。我没敢仔细往那边瞧，一进门就想转身离去。可那位客人把我叫了过去。看样子他也是个仆人，我可能在什么地方曾见过他，不过从未和他说过话。

　　"你干吗要走？过来坐，喝点什么！我付钱。"于是我就坐下了。他问了我几个问题，但我却答不上来，我连问题都没听明白。因此我说："大概你现在后悔请我喝酒了，那我就走了。"说着我就想站起来，但他隔着桌子伸出手按住我说："别走，这只是一次考试。谁回答不了这些问题，谁就算通过了考试。"

桥

　　我是僵硬的、冰冷的。我是一座桥，在一道深渊之上横卧。一头扎进泥土的是我的足尖，一头是我的手，我的牙齿死死咬住那正在碎裂的黏土。我上衣的下摆随着风飘向我的两侧。深渊里的那条冷森森的福雷伦河发出阵阵嘶吼。从没有一个旅游者曾迷路来到过这里，这是一座行步艰难的山，而这座桥在各种地图上都未曾标出过。——我就这样卧着，等着，我能做的只有等待。一座桥一旦建造完成，只要不坍塌，就依然是座桥。

　　那是一个傍晚时分——是第一个还是第一千个傍晚，我

已经不记得了——我的思绪总是乱糟糟的，它总在一个地方
兜圈子。我只记得那是一个夏日的傍晚时分，小河里的流水
声比现在更加低沉，这时我听到一个男人的脚步声！他朝我
走来，是在朝我走来。——将你的四肢伸展开吧，桥，站立
起来；没有扶手的梁木，请你挡住那位托付给你的人。快悄
悄打消他脚步中的疑虑，可他还在犹豫，好吧，那就让他认
识认识你，学着山神的样子把他扔到岸边吧。

　　男人来了，用他那根手杖的铁尖头敲打着我，然后用它
撩起我上衣的下摆，将它们理好放在我身上。他把手杖的尖
头一下戳进我的浓发之中，并且在里面停留了很久，仿佛是
为了让它疯疯癫癫地四下里张望。就在我正要梦想跟随着他
的脚步越过高山和山谷时，他却双脚一蹦，跳到了我身子的
中央。事情发生得太突然了，我毫无准备，剧烈的疼痛令我
浑身战栗。这是谁？是个孩子？是个梦？是个拦路抢劫的强
盗？是个寻短见的人？是个诱惑者？还是个毁灭者？我转过
身去看他。——是桥在转身！只是，还没等我转过身来，我
已经坍塌。是的，我在坍塌，我已破裂，之前一直在湍急的
水流中静静地凝视着我的，那些尖利的卵石刺穿了我的胸膛。

钦差

　　你，一个孤单单的、可怜的仆人，渺小的影子在皇帝这轮太阳前被甩出老远。这个所谓的皇帝已经病入膏肓，病榻上的他还特意给你传来一个旨意。于是，他让钦差跪在他的病榻前，对着钦差的耳朵小声地传授了圣旨。这是一道对皇帝来说至关重要的圣旨，所以，他说完之后又让钦差对着他的耳朵复述了一遍。然后，他点点头，以此表达一字不差。所有阻拦道路的屋墙都已被拆除干净，在硕大无比的台阶上，帝国的大臣们恭立在周围，他们是来探望皇帝的龙体的，而皇帝就是当着这些大臣们的面，打发钦差上路的。

随即，钦差出发了。

钦差身体健壮，一副从不知疲倦为何物的模样，只见他两只胳膊交替着拨开人群，力大势沉地开出一条道路。如果遭遇抵抗，他就亮出胸前的太阳标志，于是便畅通无阻了，那种气势简直无法比喻。只是人群浩瀚如海，漫无边际，房屋也一望无边。假如遇到一块空地，他恨不得自己长了翅膀好飞起来，紧接着你可能就听到他的双拳在猛打你的家门。当然，事实并非如此。他虽然不停地左冲右突，却怎么也冲不出内宫房屋的包围。

自然，他也决不会冲破它们的包围，即便冲出去，也一无所获。他必须冲下台阶，可即使成功，也将徒劳无获。冲下台阶，他还得穿越那些庭院，庭院之后还有两道皇宫包围，然后又是台阶、庭院以及皇宫，如此循环开来，以至千年。就算他冲出最后一道门槛——这简直就是妄想，永远不能实现——还有皇城横挡在他的眼前。这座皇城是世界的中心，沉渣堆积如山。从来没有谁能够越过这个地方，更不要说还是一个带着死人旨意的人。——然而，你，孤孤单单的你，却凝坐窗前，在暮色中期许着那道圣旨的降临。

决定

要解脱痛苦，那就必须消除紧张，做一下放松类的活动。我决定离开安乐椅，虽然这个决定使我挣扎，我围着桌子跑步，活动着头部和脖子，一双眼睛注视着炉火，让眼睛周围的肌肉进入绷紧状态。我得承认，我是违心地做着这一切。倘若他要到来，我一定极其热情地向他招呼；我会友好地容忍他在我的房间里；我会不顾自己的劳累和痛苦，他唠叨什么，我都长叹着去接受。

即使这样，因为出现一些不可避免的错误，而且每个错误都可能使得整个事情中断，无论大小事情都要中断，于是我不得不在圈子里退着走。

也是这个原因，当糟糕的人有所表现时，我们能做的最好的办法是容忍这一切。如果他们觉得还可以继续表演，那么就引导他们继续进一步的表演。然后再给他们以白眼，而且这样做并不会感到后悔。总之一句话：只要是生活中的鬼怪，那就要把它捏扁，也就是说，要增加生活中的安静，除安静以外，其他的，就不要让它产生。

在这种情况下，你如果想要做一个最有特点的动作，那就用你的小指在眉毛上画上一道吧。

大噪音

　　我待在自己的房间里，就像置身在整个公寓里的噪音的总部。我听到所有的门都在啪啪作响——当然，我之所以没说那些人在门之间跑来跑去的脚步声，只不过是因为门的噪音把这些声音给淹没掉了——厨房里关灶门的响声也听得真真切切。

　　父亲打开了我的房门，穿着一件已经拖到地上的晨服穿过我的房间，于是，隔壁房间里就响起了从炉里扒灰的声音。

　　法莉穿过前厅，一字一顿地喊着问，父亲的帽子是不是已刷好。真希望能听到轻轻的嘘嘘声，然而，另一个的回答声却是更加提高了嗓门的叫喊。于是，房门又响了起来，就像患了伤风感冒的嗓子，它最开始是随着女声演唱而打开，最后又随着一声沉闷的男人的撞击声而关上，那猛地一关的声音听上去简直肆无忌惮到了极点。

父亲走了，现在轮到两只金丝雀了，他们带来的是一种更轻柔、更分散、也更绝望的噪音。从前我就想到——此刻金丝雀的声音又重新唤起了我的回忆——也许我不该将门开一条小缝，就像一条蛇似的慢慢地爬到隔壁房间，并趴在地上请求我的姐妹和她们的保姆能安静些。

女歌手约瑟芬和耗子民族

    我们的女歌手名叫约瑟芬。可以说，如果谁没有听过她的歌声，那么谁就感受不到歌唱艺术的魅力。但凡听过她演唱的人，没有谁不被她的歌声所吸引。这一点，尤其应该得到更高的评价，因为我们这一代，整个一代，都不喜欢音乐。宁静平和可以称得上是我们最喜欢的音乐了。我们这一代人，生活得很艰难，就算有朝一日我们摆脱了日常生活中的一切忧愁，我们也不可能达到就像音乐所能达到的境地，因为它距离我们的现实生活实在是太遥远了。不过我们却不会对此有过多的抱怨，我们还不曾走得那样远，我们现在最需要的是某种务实的精明，而这一点，恰恰也是我们最大的优点。

不管我们遇到什么事，我们都已经习惯了用这点精明的微笑来自我安慰，即使有一天我们真的渴望得到来自音乐的幸福。不过，这也只是个假设，像这种情况现在还没有出现。

但，约瑟芬是个例外，也唯独她。她喜欢音乐，并且也懂得传播音乐。她是唯一的一个可以让我们感受到歌唱艺术魅力的人。如果她死了，音乐也将随着她的离开而从我们的生活中消失，且没有人知道会消失多久。

我常常会想：这种音乐到底怎么样？因为我们确实不懂音乐，我们怎么听懂了约瑟芬的歌唱呢？或者说自以为是听懂了呢（因为约瑟芬不承认我们的理解力）？那么最简单的解释可能是：她的歌声太美妙了，以至于连最迟钝的感官都不会对此无动于衷。不过，这个回答显然不能令人满意。如果情况真是这样，那么，当我们一听到她的歌声肯定会觉得与众不同，而且这种感觉会持续到很久远，就像从她嗓子里发出的声音是我们从前从未听到过的，当然在这之前我们也根本没有能力听到，但这个约瑟芬却能够使我们听到它，而且除她之外谁也做不到。但在我看来，事实却恰恰不是这样，我没有这种感觉，同时我察觉到其实其他人也没有这种感觉。在朋友的圈子里，我们坦率地认为：就歌唱而言，约瑟芬并没有与众不同之处。

那么，这究竟是不是歌唱呢？尽管我们不懂音乐，但我们一直有着歌唱的传统。在我们这个民族，歌唱是从古老的历史中沿袭下来的，传说里是这么讲的，甚至还有歌曲被保留了下来，当然这些歌曲现在没谁再能唱了。所以，到底什么是歌唱，我们还是能够想象的。可是约瑟芬的艺术与我们所想象的歌唱艺术却是格格不入的。那么，问题就来了，这究竟是不是歌唱呢？莫非她仅仅是在吹口哨？吹口哨我们都很熟悉，这是我们民族固有的一种艺术范畴中的技艺，或者确切地说，这根本不算是什么技艺，而是一种独特的生活表现形式。我们大家都吹口哨，但是，当然没有谁会想到把它做为艺术来看待，我们吹口哨时，没有注意到这一点，是的，我们没有察觉到这一点，甚至我们许多同胞根本不知道：吹口哨这一行为属于我们的特性之一。假如约瑟芬真的不是在唱歌，而只是吹口哨，或者说，至少在我看来，根本没有超越普通口哨的界线——或许她连吹一般口哨的力气都没有，而一个普通挖土工人却能一边干活、一边轻松地吹上一整天——如果这一切都是真的，那么约瑟芬的所谓艺术家的身份就会被取消，而她为什么能造成这么巨大影响的迷局更应该被解开。

但是，约瑟芬所发出的声音确实不仅仅是吹口哨。如果你站到跟她有很长距离的地方并全神贯注地细听，或者更好的办法是：如果你想考查一下自己这方面的能力，比方说，当约瑟芬和大家一起唱歌时，你去分辨一下她的声音，那么之后你肯定能够听出的那不是别的，就是普通的口哨，最多也就是因为她的声音柔和或纤细而稍显突出而已。然而，当你走近她并站在她面前时，你的感觉就会不一样了，你就会感觉到她不单单是在吹口哨了。

所以，要了解约瑟芬的艺术，不只是要用耳朵听她唱歌，还必须要用眼睛看她唱歌。虽然这只不过是我们天天所吹的口哨，但它的不同之处却在于：约瑟芬是用一种极为郑重其事的态度做着一件再普通不过的事情。打个比方，砸核桃肯定不是艺术，因此也不会有谁敢于召集观众并当众砸核桃以娱乐他们。但是，如果真有谁这么做了，并且达到了他的目的，那么，这就不是单纯的砸核桃了。或者说是他确实是在砸核桃，但它却说明了：由于我们对此很熟练，因而忽略了这一艺术，而这个砸核桃的新手却向我们揭示出了艺术的真正本质。再强调一下，如果他砸核桃的本领比我们中的大多数都不如，那么他这一行为所起到的效果甚至可能会更好。

或者砸核桃与约瑟芬的歌唱就是有着这种相似之处，所以我们才对她的这一本领赞叹不已，而对我们自己所具备的同样的本领却视而不见。在这一问题上，约瑟芬和我们的观点完全相同。有一次我恰巧在场，当一个听众提醒约瑟芬注意这就是普通的民族口哨时（这类事情时有发生），他虽然说得很婉转，但是，这对于约瑟芬来说已经是很难承受了。随即，她脸上立刻呈现出了一种狂妄自大、自命不凡的冷笑，而她的这一面是我从未看到过的。本来她的外表看起来属于那种格外柔弱型的，虽然我们民族从来都不缺这类女性，但她还算是突出的。但在当时她表现得却很粗野，不过紧接着她控制住了自己的事态，大概她自己也意识到了自己的失态。但不管怎样说，这证明了一个问题，那就是她不承认在她的艺术和普通口哨之间有着任何联系。所以，对于那些持有不同见解的人，她嗤之以鼻，还可能怀恨在心，但她自己并不承认。这不是一般的虚荣心，因为这些反对派（我也算是其中的一分子）对于她的钦佩程度肯定不比别人的低。但是约瑟芬想得到的并不只是被钦佩，她要的是让大家严格按照她所规定的方式去钦佩她，如果单单是钦佩，那么这对她来说就会变得毫无价值。总之，如果你坐在她面前，就会理解她；只有在远离她的地方，你才会反对她。当你坐在她面前时，你就会懂得：她所吹出的并不是口哨。

或许吹口哨是我们不假思索的习惯的缘故，所以你可能会认为：约瑟芬的听众中可能有吹口哨的。所以，在享受她的艺术时，我们会感到心情愉快，而我们感到愉快时，我们就吹口哨。然而事实是，她的听众是不吹口哨的，而是保持着一种缄默，一声不吭，就像我们已经享受到了那渴盼太久的宁静平和，而这种宁静平和正是我们自己吹口哨所达不到的。因此，我们沉默着。究竟是她的歌声使我们心醉，还是她细弱的小嗓子周围那庄严肃穆的神圣感使我们神迷？我不得而知，但有一次发生了这样一件事：约瑟芬正在唱歌时，不知哪个傻女孩竟然吹起了口哨，而且和我们听到的约瑟芬的歌声竟一模一样，约瑟芬的尽管绝对熟练但还是一直保持着谨慎的口哨声，而这个傻女孩的则是忘我、出神、天真的口哨声，实话说，要想区分出它们之间的同异，大概是不可能的了。但是，我们还是立刻向这个小捣蛋发出了嘘嘘声，尽管这根本没有必要，因为，当约瑟芬得意洋洋地吹着口哨、忘乎所以地张开双臂、并把脖子伸得不能再长的时候，她一定会又羞又怕、无地自容。

这就是约瑟芬。她一贯如此，每一件小事，每一次偶然事件，每一次不顺心的事，如正厅前排的嘎吱响声，咬牙的格格声，以及灯光突然出现的故障，她都认为是提高她歌唱效果的绝佳机会。在她看来，她是在给一群聋子唱歌，虽然观众中不乏热情与喝彩，但是她早就不指望真正地理解了。对她来说，各种干扰的发生都是最合适的，正正好好的，只要稍作斗争，甚至不需斗争，仅仅通过对比就可以战胜那些外来的、与她唱歌的纯洁性相对立的所有干扰。她认为，正是这种干扰的发声才有利于唤醒民众，虽然不能教会这些人来理解她，但却能令他们对她肃然起敬。

一件小事都能够对她如此有利，大事就更不必说了。我们每个人的生活其实都很不安定，每天都有各种意外、忧虑、希望和恐惧出现，如果谁不能得到同伴的朝夕相助，那么他自己是很难承受这一切的。当然，很多时候我们就算得到了帮助也常常相当艰难：有时成千个肩膀共同承担着一个本应由一个肩膀去承担的重负，甚至还颤颤巍巍的。这时，约瑟芬就认为她的机会到了。她早早就站在那里，这个纤弱的家伙，胸脯下面的位置吓人地抖动着，好像要将全身的力量都凝聚在她的歌声中，好像把不能直接有助于唱歌的一切，每一点力量，每一份生机都尽数取出来，好像她已经一无所有，全部奉献出来，只有善良的神灵会一直保护着她。当她用她的整个身心痴迷唱歌时，仿佛一股冷风就能将她吹上西天。但恰恰在这样的时候，我们这些所谓反对派却习惯地说："她连吹口哨都不会，她这么费尽精力，并不是为了歌唱——我们不讲歌唱——而是为了勉强吹出全国流行的口哨来。"是的，我们就是觉得是这样的。然而，正如前面所提到的，这只不过是一个虽然不可避免、但却会像过眼烟云一样很快就烟消云散的印象。我们瞬间就会被淹没在大众的热情之中，大家还是和往常一样身子挨着身子，热乎乎地挤在一起，屏息倾听来自约瑟芬的歌唱。

活动，是我们这个民族具有的一大特点，我们经常为一些不很明确的目的四处奔波。为了把大众聚集到自己周围，约瑟芬通常只有一个办法：向后仰起她的小脑袋，半张着嘴巴，眼睛向上看，摆出一副她即将唱歌的姿势。只要她愿意，她可以随时随地这么做，无需在一个隔着很远就可以看得到的地方，任何一个偏僻的，或者一时兴起随便所选中的角落都可以。她将要唱歌的消息很快就会被传开，然后大家会以最快的速度蜂拥而至。

当然，偶尔也会出现意外。约瑟芬喜欢在一些不安定的时候唱歌，而这时生活上的艰难与困苦又迫使我们不得不四处奔波，大家无论如何也不能按约瑟芬所希望的速度聚集起来。可是她已摆好了姿势，过了很长时间之后，听众还依旧寥寥无几——于是，她大发雷霆，双脚跺地，破口大骂，甚至咬牙切齿，这种情况下她简直不像一个少女。但是，即使这样，也丝毫无损于她的名声。对于她过分的要求大家不但丝毫不限制，反而还极力去迎合她适从她，他们甚至瞒着她，派信使召集听众。于是在周围各条道路上很容易就能看到这些人布置的岗哨，他们向来的人点头致意，催他们快走，直到最后凑齐了说得过去的听众人数，他们肯作罢。

　　是什么力量驱使着这个民族为约瑟芬如此卖命呢？找到这个问题的答案并不比弄清"约瑟芬是不是在歌唱"容易，并且二者确实是紧密联系在一起的。假如断定：这个民族是由于约瑟芬的歌唱才无条件地顺从的话，那么就可以略去第一个问题，把它合并在第二个问题中。然而情况恰恰不是这样。我们这个民族几乎不知道什么是无条件顺从，这个民族最喜欢的是要要小聪明、说说孩子般的悄悄话、扯扯没有恶意只不过为了活动活动嘴皮子的闲话。这样一个民族不可能做出让自己无条件地顺从的事情的，这一点约瑟芬肯定也感觉到了，所以她用她那纤细的小嗓子竭尽全力地周旋着。

　　当然在这种一般的判断上约瑟芬是不可能走得太远的。其实，这个民族对约瑟芬还是顺从的，只不过并不是无条件而已，又或许是他们根本没有能力去嘲笑她。大家也承认：约瑟芬身上是有些可笑之处，并且就这些可笑之处而言，它距我们又总是那么近，尽管我们的生活艰难，可轻轻一笑在我们这里总是很流行的，但是我们不嘲笑约瑟芬。有时我有这样一个印象，这个民族是这样理解自己与约瑟芬之间的关系的：她是一个脆弱的、需要保护的、出类拔萃的小家伙，她是托付给他们照管的，所以他们有这个义务也必须要照料她。至于其中的原因谁也搞不清楚，只是事实的确如此。对于一个托付给你的人，你是不会嘲笑的；假如你嘲笑了他，那就是你的失职。我们中间那些最恶的人表现出来的对于约瑟芬最大的恶意，就是当他们说："看到约瑟芬，我们就笑不出来了"。

所以，其实一直以来这个民族是在用一种父亲对待孩子的方式照顾着约瑟芬，这个孩子向父亲伸出自己的小手——不知是请求还是要求。你可能会觉得，我们民族不会履行这种父亲的义务。然而，事实上我们是这么做了，而且至少在对约瑟芬的照顾上无可挑剔。在这方面，没有哪个独自可以完成这件由整体才能办到的事。当然个体与民族之间的力量悬殊是巨大的。这个民族有足够的力量将被保护者拉到自己身边，给她温暖，使她得到很好的保护。但是，大家却不敢对约瑟芬说这些事。"我才不要你们的保护呢。"她会这么说。"对，对，你不在乎。"我们心里想，而且事实上这也并不是在违抗，与其说是违抗，倒不如说是一个孩子表现出来的感谢。所以，此时父亲的态度就是：那就随她去吧。

但与此同时，另一个问题又出现了，而且这个问题更难以用这个民族与约瑟芬之间的这种关系来解释。因为约瑟芬的意见恰恰相反，她认为：是她在保护着这个民族。她的歌声可以把我们从政治经济的困境中拯救出来，歌声的作用就在于此。即便它不能驱赶不幸，至少也能给我们以力量去承受不幸。她虽然没有这么说出来，也没有用别的方式表达，她本来就很少说话，在这群喋喋不休者中，她是沉默寡言的。但是，这一点从她那双眼睛里已流露出来，从那张紧闭的嘴上——我们这儿只有少数人可以闭上嘴——我们也可以觉察得到。每当坏消息传来（有时这种消息接踵而来，其中也掺杂着一些假的和半真半假的消息），她立刻会挺身而起，而往常则是无精打采、就地而卧。她挺起身子，伸长脖子，试图像牧羊人在暴风雨来临时察看羊群那样把自己的同伴尽收眼底。当然，孩子们是会放肆、冲动地提出类似的挑战，可约瑟芬做起这些事情来倒不像他们那样毫无道理。不消说，她拯救不了我们，也不可能给我们以力量。扮演这个民族救星的角色是轻而易举的，因为这个民族惯于忍辱负重，毫不顾惜自己，当机立断，大义凛然，视死如归，只不过他们长期生活在这种争勇好斗的气氛中，表面上看起来胆小、懦弱。此外，这个民族的繁殖力也很强——我是说，事后装扮成这个民族的救星是轻而易举的。这个民族始终在以各种方式自救，尽管要做出牺牲——牺牲之大足使历史学家触目惊心（我们民族总是忽略历史研究）。然而，事实上在各种危难时刻我们都恰恰能更好地倾听约瑟芬的声音。大难临头使我们更加安静、谦恭，对约瑟芬的指挥更加百依百顺。尤其当磨难我们的大事即将出现时，我们愿意聚合在一起，挤作一团，仿佛我们还要在战斗前匆匆地共饮一杯和平酒——是的，必须抓紧时间，这一点约瑟芬常常忘掉。这又不大像是一个演唱会，而更像是一个群众集会，除了前面那轻轻的口哨声外，到处一片寂静。这种时刻太庄严了，以至于谁也不想再对她瞎嚼舌了。

当然，约瑟芬对这样一种关系是根本不会满意的。由于她的地位从未完全明确，因此她总是神经质地感到不快。尽管这样，她还是常常受自信心的迷惑而看不到一些事情，并且，不费力气就可以使她忽略更多的事情。于是，一帮谄媚者便不断活动，起一些有利的作用——但是他们只让她在一个集会的角落里唱歌，而且是随便附带的，并不受重视。她肯定不会为此把她的歌声奉献出来，尽管这根本不算是轻视贬低她。

但是，她也不必这样，因为她的艺术并非不受重视。尽管我们考虑着其他事情，会场上的宁静不仅仅只是为了听歌，有的根本不抬头，而是把脸贴在同伴的毛皮里，好像约瑟芬在上面是白费力气，其实——不可否认——她的口哨声或多或少地灌进了我们的耳朵里。口哨声一响起，全体都要保持沉默，好像民族对个体发出了重要信息。约瑟芬那尖细的口哨声面对的是难以做出决定的我们，就像我们这个可怜的民族生存在一个充满敌意的世界之混乱中。约瑟芬坚持着，尽管她的声音并非与众不同，尽管她的成绩微不足道，但她还是坚持着，打通了连接我们的道路，使我们去思考。假使这时我们中间出现了一个真正的艺术家，我们是肯定不会容忍的，而且会认为他的表演是瞎胡闹并一同加以抵制。但愿她没有认识到：我们愿意听她唱歌这一事实证明了她并非是在唱歌。对此她一定有所感觉，否则为什么她总是极力否认我们在听她唱歌呢？但她又总是在唱，将这种感觉抛至一边。

但是，她还总可以聊以自慰的是：我们一定程度上确实在听她唱歌，就像在听一个艺术家演唱。她达到了一个艺术家在我们这儿竭尽全力也达不到的效果，并且这种效果仅仅恰巧是因为她的方法欠缺所致。这大概与我们的生活方式有关。

我们这个民族不知何为青年，大家也几乎没有青年时代。虽然不断地提出这种要求：应该保证孩子一种特殊的自由和一种特殊的照料，让他们有权利稍稍自由些，稍稍过分地胡闹几下，并多多少少地玩一玩。应该承认孩子们有这一权利，并帮助实现它。提出这类要求时个个都赞成，再没有比赞成它更值得赞成的了。可是，也再没有比我们现实生活中更不能兑现的东西了。大家赞成这些要求，但是过不了多久，一切就又变成了老样子。我们的生活就是这样，一个孩子，只要他刚刚学会走路，刚刚稍微能辨认四周环境，他就必须像成年人那样照顾自己。由于经济原因，我们分散居住的地域过于辽阔，我们的敌人过多，危机四伏，防不胜防。——我们不能让孩子避离生存竞争，假使我们这样做了，那孩子们将会过早地夭折。除了这些可悲的原因外，自然还有一个重要原因：我们这个民族的繁殖能力极强。一代紧接着一代，每一代都不计其数。孩子们没有时间当孩子。而在其他民族，孩子们会受到精心的照料，并为他们建立学校。从学校里每天蜂拥出来的那些孩子们是民族的未来，在较长的时间内日复一日从那里出来的都是同一批孩子。我们没有学校，但在最短的时间间隔，却会从我们民族涌现出一群又一群孩子，不计其数。当他们还不会吹口哨的时候，便快活地发出尖细的嘶嘶声；当还不会跑的时候，便打滚或挤在一起滚个不停；当还看不见东西的时候，便合伙笨拙地将一切都拖走。我们的孩子哟！不像那些学校里的同一批孩子，不，我们的孩子不断涌现，没有止境，没有间断，一个孩子刚出世不久，他便无法再做孩子了，他的身后又涌出了新的孩子面容，他们匆匆出世，欢欢喜喜，数量之多，无法辨认。当然，尽管这是好事，尽管其他民族会因此而嫉妒我们，但是我们却无法给孩子一个真正的童年。这事自有其后果。我们民族渗透着某种消除不掉的、根深蒂固的孩子气，这同我们可靠的讲求实际的思维方式这一最大优点恰恰相矛盾。有时我们的行为极其愚蠢，跟孩子们干傻事一模一样，没有意义，浪费，慷慨，轻率，而所有这些经常仅仅是为了开一个小小的玩笑。当然我们从中得到的乐趣不如孩子们的多，但肯定还是有那么一些。约瑟芬就一直从我们民族的这种孩子气中得到好处。

我们民族不仅只有孩子气，在一定程度上它还未老先衰，我们这里的童年和老年与别处不一样。我们没有青年时期，我们一下子就成年了，而且成年阶段又太长，所以，某种厌倦和失望就会在我们这个如此顽强和自信的性格中划上痕迹。我们缺乏音乐才能大概与此有关。我们太老了，搞不了音乐，音乐的激情与亢奋与我们生活的艰难不合拍，我们疲惫不堪地拒绝了它，回到了我们的口哨上。偶尔稍微吹几声，就会感到恰如其分，心满意足。谁知道我们当中有没有音乐天才，即使有，肯定也会在他们的才能得到发挥之前被我们同伴的这种性格抑制扼杀掉了。与此相反，约瑟芬却可以随心所欲地吹口哨或者说是唱歌——她愿意怎么讲都行——这并不妨碍我们，正适合我们，我们完全可以接受它。假如这里包含着丁点儿音乐成分的话，那也是微乎其微的。某种音乐传统被保持了下来，但它却丝毫没有加重我们的负担。

然而，约瑟芬带给这个具有此种心情的民族的要更多一些。在她的音乐会上，尤其是形势严峻的时候，只有那些男孩子们会对约瑟芬本身感兴趣。他们只是惊异地看着她怎么撅起嘴唇，从小小的牙缝之间吹出气来，欣赏着她自己发出的声音，然后又放低声音，再利用它达到一个新的愈来愈费解的演唱高潮。但是显而易见，多数观众只顾低头沉思，大家在这短短的战争间歇做着自己的梦，仿佛他们的四肢都松开了，仿佛不得安宁者终于可以在民族的温暖大床上尽情地伸展四肢躺下了。有时约瑟芬的口哨声会传到梦中，她称之为珠落玉盘，我们则称之为声如裂帛，但是不管怎么说，这声音此时此地都恰到好处，而别处则不行，音乐就几乎从来没有这种机缘。约瑟芬的口哨中有我们那可怜而又短暂的童年；有我们那失去的、无法寻找回来的幸福；也有我们日常生活中那小小的、不可思议的、但又实实在在、不可抑制的欢乐。这一切肯定不能用洪亮的声音而只能用轻柔的、耳语般的、亲切的、偶尔有些沙哑的声音表达出来。当然这是吹口哨，怎么能不是呢？吹口哨是我们这个民族的语言，只不过有一些同胞吹了一辈子口哨而不明白这一点，但这里的口哨却摆脱了日常生活的束缚，也使我们得到了短暂的解脱。

当然这种演出我们是不会错过的。

然而，这与约瑟芬所声称的她在这样的时候给了我们以新的力量等等，还有相当的距离。当然这是对一般听众而言，而对那些约瑟芬的谄媚者来说，却完全不同了，"怎么能不是这样？"——他们厚颜无耻地说——"对于演出时门庭若市、听众云集的现象该如何解释，尤其是灾难临头时，这种现象有时甚至阻碍了必要的和及时的灾难防范"。不幸的是，最后这句话正好言中，它可不能算是为约瑟芬歌功颂德。尤其是再补充这样一些情况：当这种集会突然被敌人的暴力驱散时，我们一些同胞不得不为此而丧命，约瑟芬本应为此负全部责任，是的，是她的口哨声引来了敌人，但她这时总是躲在最安全的地方，然后在她的追随者的保护之下，悄悄地以最快的速度第一个逃离现场。这些事情本来是众所周知的，但是，当约瑟芬下一次随心所欲在某时某地演出时，他们却又匆忙奔去。由此可以得出结论：约瑟芬几乎不受法律约束，她可以为所欲为，即使让全民族遭殃，也不会追究她一点责任。假如是这样的话，那么约瑟芬的一些要求也是可以理解的。是的，从这个民族给予她的自由中，从这个特殊的、别个谁也得不到的、根本与法律相违背的馈赠中可以在一定程度上看出：这个民族并不理解约瑟芬，正如她所说，他们无力地对她的艺术表示惊异，感到自己不佩欣赏它，同时他们又拼命努力，企图补偿由此而带给约瑟芬的痛苦。然而，正如她的艺术已超越了他们的理解力一样，他们把约瑟芬及其愿望都置于他们的管辖权之外，这当然肯定是完全错误的。或许这个民族的成员会轻易地拜倒在约瑟芬脚下，但是，正如这个民族不会无条件地向任何人屈服一样，他们也不会拜倒在她的脚下。

很久以来，或许自约瑟芬的艺术生涯开始，她就力争为了她的歌唱艺术而从任何劳动中解脱出来，让她不必为每日的面包而操心，也不必参加其他一切与我们的生存斗争相关的活动，这些——或许——应该由这个民族作为整体去承担。头脑简单者——也确有这种头脑简单者——单凭这种要求的特殊性，根据能够想出这一要求的精神状态，就会得出结论：此要求具有其内在合理性。但是我们民族得出的结论却相反，我们冷静地拒绝了她的要求，并且对她提出的理由也不去费力反驳。比如约瑟芬说：紧张的劳动有害于她的嗓子，虽然劳动不及她唱歌辛苦，但是这样毕竟会使她在唱歌之后得不到足够的休息，以便为下一次演出养精蓄锐，在这种情况下，她虽然竭尽全力地演唱，但还从未达到其最佳效果。大家听她争辩，权当耳边风。这个如此容易被打动的民族有时也会无动于衷。拒绝有时是那样冷酷无情，甚至约瑟芬都会大吃一惊，她佯装顺从，干起属于自己的那份活，并尽量好好演唱。但这只能是一时半会，接着便又重抖精神投入战斗——看来她有的是力量。

但是显而易见，约瑟芬所力争的根本不是她所提出要求的满足。她是明智的，也不惧怕劳动，我们这儿根本不知何谓懒惰，即使满足了她的要求，她也肯定不会过一种不同于以往的生活。劳动根本不是她唱歌的障碍，当然歌声也不会变得更美妙。约瑟芬所力争的只不过是要大家公开地、明确地、长久地、远远地超过所有常规来承认她的艺术。虽然她几乎在所有别的事情上都可心想事成，但这件事却始终是事与愿违，不能得逞。或许一开始她就应该把进攻的目标转向别处，或许现在她已认识到了自己的错误，但是她却不能再回头，退却意味着自我背叛，她必须坚持这一要求，否则就会垮台。

假若她真的有敌人，如她所说，那么他们就会对这场战争幸灾乐祸，袖手旁观。但是她并没有敌人，即使有谁偶尔反对过她，这场斗争也不会使任何一个感到高兴。之所以不这样，是因为这个民族在这种场合会表现出一种严峻的法官的姿态，这在我们这里平常是罕见的。虽说你可以赞同这种场合下采取此种态度，但是只要你想到，有朝一日这个民族也会对你采取类似的做法时，你就丝毫不会感到高兴了。无论拒绝也好，要求也好，问题都不在于事情本身，而在于这个民族对待自己的同胞竟如此冷酷，而以往他也曾慈父般地、甚至超过慈父般地、低声下气地照顾过这位同胞，相比之下，显得更加无情了。

假如在这个事情上全民族换成了某个成员，可以想象，这个成员会对约瑟芬接连不断的、咄咄逼人的要求一直让步，直到最终结束这种让步。虽然他做出了巨大让步，但同时坚信，让步会有其应有的极限，他之所以做出了过多的不必要的让步，只是为了加快事情的发展过程，只是为了纵容约瑟芬，使她得寸进尺，不断提出新的要求，直至真的提出了这个最后的要求，那时他就自然一口拒绝，因为他早已准备好了。但是，实际情况完全不是这样，这个民族不需要采用这种手段，况且他对于约瑟芬的尊敬是发自内心的，是经受了考验的。而且约瑟芬的要求确实太高，以至于每一个不谙世事的小孩子都可以告诉她会有怎样的结果。但是，约瑟芬对这件事的看法可能有这种猜测成分，即：这个民族在耍手腕。因此，在遭到拒绝的痛苦之上又平添一层怨恨。

但是，尽管她这样猜测，却没有因此被吓住而不敢进行斗争。近来斗争甚至更加剧了。如果说以前她进行的只是舌战，那么现在则开始采用别的方法，在她看来这些更有效，而我们则认为这对她自己会更危险。

有些人认为，约瑟芬变得这样迫不及待的原因就是，她感到自己老了，声音也不行了，所以在她看来，她必须为争取承认进行的最后斗争了。这种说法我不相信，如果真是这样，约瑟芬就不是约瑟芬了。对她而言，衰老这个问题根本就不存在，声音也不会不行。如果她提出什么要求的话，那肯定和外部原因无关，而是出自她内心合乎逻辑的考虑。她得到了最高处的桂冠，不是因为这桂冠当时恰恰巧巧挂得稍低一些，而是因为它就是最高的那顶。如果她有权的话，她会把它挂得更高些。

　　当然，对外界困难的蔑视并不妨碍她采取最卑劣的手段。她认为，她的权利是不容置疑的，至于是怎样得到的，这又有什么关系，尤其在这个她眼中的世界上，正当的手段恰恰行不通。或许正因为这个，她甚至把争得权利的斗争从歌唱领域转向其他一个对她不太重要的领域。她的追随者四处散布她的言论，说她认为自己完全有能力这样唱歌：让全民族各个阶层甚至隐蔽最深的反对派都得到真正的乐趣，不是这个民族所理解的真正乐趣（他们说这种乐趣向来可从约瑟芬的歌声中感受到），而是约瑟芬所要求的乐趣。但是她补充说，由于她不能假充高深，又不能迎合低级，唱歌就必须保持老样子。至于为争取摆脱劳动而进行的斗争中的所作所为，则是另一回事了。虽然这也是为了歌唱，但她却没有用昂贵的歌唱这一武器直接进行斗争，所以，她使用的手段都是足够好的。

　　比如流传着这样一个谣言，假如不向约瑟芬让步的话，她就要减少装饰音。我对装饰音一窍不通，也从未听出来过。但是约瑟芬却准备减少装饰音，暂时还不删掉，只是减少而已。据说她当真进行了这种威胁，然而我却没有发现这与原来的演唱有什么两样，整个民族也一如既往地倾听着，并没有对装饰音问题发表意见，而且对约瑟芬所提要求的态度也没有改变。但是不可否认，在约瑟芬的脑子里，如同她的身材，有时的确还有值得选美之处。例如，她在那一次演出之后就宣布，以后她要将装饰音重新完整地唱出来，好像她以前关于装饰音的决定对这个民族过于残酷也过于突然了。然而，下一次音乐会后，她又改变了主意，最终结束了那些了不起的装饰音，除非大家做出对她有利的决定，否则它们是不会再出现了。那么这个民族呢，对所有她的这些宣布、决定、改变决定充耳不闻，如同一个陷入沉思的大人不理会小孩子的饶舌，虽然态度和蔼，但什么都没听进去。

结果，约瑟芬却不让步。比如她最近又声称在干活时她的脚受伤了，站着唱歌就变得很困难，但问题是她只能站着唱歌，所以解决这一问题的方法就是她必须缩短唱歌时间。尽管她一瘸一拐，必须有人搀扶着才可以行走，但还是没有谁相信她是真的受了伤。就算是她的小身子非常敏感，但要知道，我们是一个劳动民族，而且她也是其中一员，如果我们因为擦破点皮就要一瘸一拐的话，那我们整个民族就可能没有一个能正常走路的人了。尽管她像一个瘸子让人搀扶着，尽管她比以往更多地表现出自己的可怜，这个民族仍旧感激地、痴迷地听着她的歌声，所有人并没有因为她唱歌时间的缩短而觉得有什么不妥。

当然，约瑟芬不能总是一瘸一拐的，所以她需要想出其他借口。于是，她开始声称自己很疲劳，心情不好，身体虚弱等等。这样，我们除了听音乐会外又看了场戏。我们看到约瑟芬的追随者如何地邀请她、央求她唱歌，而她又如何地说她也很想唱，但却唱不成。于是他们安慰她，奉承她，几乎是把她抬到事先找好的演唱地点的。终于，她流着让人不明所以的眼泪让步了。但是，当她以显然是最后的决心准备开始唱时，却是那样虚弱无力，双臂不像往常那样向前伸着，而是死板板地垂在身体的两边，给人的印象是好像短了一截。当她要开始唱时，又不行了，她恼怒地把头一摆，突然就栽倒在我们的眼前。不过她很快又挣扎着站起来，重新开始唱歌。我觉得，这和以往没有多大不同，或许听觉灵敏的可从中听出稍稍一点异常的激动，但这只会对唱歌有好处。演出结束时，她甚至不如之前那样疲惫了，她不再需要追随者的任何帮助，而是用一种冷冷的目光审视了一下那些给她让道的、对她毕恭毕敬的听众，然后迈着稳健的步子，或者可以说是一路小跑地退场了。

这是不久前的事。可是最近一次，到了她演出的时候，她却失踪了。不仅她的追随者在寻找她，许多同胞也都加入了这项工作，最后的结果却是徒劳。约瑟芬失踪了，她不愿意再唱歌了，甚至不愿意让别人求她唱歌，这一次她是彻底离弃了我们。

很奇怪，她怎么会打错算盘呢？这个精灵！这样的错误会让大家觉得，她根本就没有打什么算盘，而是她的命运在驱使着她，并且它只会成为我们这个世界上最悲惨的一个命运。她自己放弃了唱歌，破坏了通过征服民心而得到的权利。真不知她是怎么获得这权利的，其实她对民心是缺乏了解的。她躲起来不唱歌了，不过这个民族倒是显得很平静，并没有明显的失望。虽然他们表面上并非如此，实际上这个平和、稳健的民族只会给予，从不接受任何馈赠，包括约瑟芬的，不管任何时候，这个民族都会选择继续走着自己的路。

但约瑟芬却不得不走下坡路了。她最后一声口哨和永远沉寂的日子就这么来临了。她是我们民族永恒历史中的一个小小的插曲，我们终将弥补这一损失，显然，这对我们来说并不是一件轻而易举的事。一个热闹的集会怎么变得鸦雀无声了？可约瑟芬在时集会不也是静悄悄的吗？难道她的口哨比回忆中的还要响亮和生动吗？难道她活着时的口哨比回忆中的更重要吗？难道不是这个民族以它原本的智慧将约瑟芬的歌抬到那么高的位置？因为正是有了这些，那歌声才能永恒存在。

也许我们根本就不会失去很多，但于约瑟芬来讲，她却摆脱了尘世的烦恼，在她眼里，这种烦恼是专为一些卓绝的人安排的。她会怀着一种愉快的心情消失在我们民族不计其数的英雄群体中，因为我们不推动历史，所以她会像所有她的兄弟一样，被遗忘在升华的解脱中。

乘客

　　我在电车的一端站着，实话说，在这个世界里要找到我的一个位置，确实是一件没有把握的事情。在这座城市里，甚至在我的家里，也是这样。顺便说一句，我也不能提出在某一方面我有什么要求。我们承认，事情就是这样。我站在电车的尽头，有如将自己拴在这根绳上，让车子载着我，人们躲避车子，或者各行其道，默默地走着，或者在窗户前休息——无人有求于我。不过，这都无关紧要。

　　车子快要到一个站了，一个姑娘靠近台阶，准备下车。我把她看得很真切，似乎我都接触过她。她穿着黑衣服，裙子下摆的褶边几乎不动，上衣很紧身，白色的尖领带上有细小的网眼。

她的左手靠在车身上，这样可以平平地支撑着她，她右手握着的伞立在第二个台阶上。她脸上的皮肤呈现出一种棕色。鼻翼压力小，形成蒜头鼻的形状。此外，她一头丰满的头发也是棕色的，细小的发梢在右边的颧骨上来回摇曳着。可能是我站得离她很近的缘故，我可以很仔细地看到她的耳朵很紧凑，我甚至还看到了她的右耳蜗的整个背面，以及她耳根的影子。

我不禁问自己，为什么她对我的行为并不惊奇，并且闭着嘴什么也不说。

拒绝

当我遇到一个漂亮姑娘时，我会对着她请求说："请跟我来吧。"

她不为所动，仍是默默地走着，然后扔出了下面的这些话：

"你不是有名望的公爵，又不是有着印第安人身材的、大度的美国人，这些人具有一双平视的、安静的眼睛，他们的白嫩的皮肤是由草原和水乡气候滋润而成的，你没有去过他们旅行过的大湖，我也不知道在什么地方才可以找到，所以，我求你就别犯傻了，你看，我这样一个漂亮的姑娘为什么要跟你走呢？"

　　"你忘了，你没有屁股后面冒烟的汽车可以载着你在胡同里游晃，也许那些先生们，作为你的追随者的相片紧藏在你的衣服里，我没有见到。又或许，他们在整整半座城里，紧跟着你的屁股，口中念念有词，为你祝福，可这些人我也没见到。平心而论，你的胸衣看上去真不错。但你的大腿和臀部只是那种守戒节欲的一种补偿。还有，你的衣服是带有皱痕的琥珀织物，就像去年秋天一样给我们大家带来了乐趣。但到了现在你可还笑。——生死攸关在于身子——当然，我也明白不是任何时候都这样。"

　　"你看，我们两个人各有各的理由，那就让我们都彼此保留住自己的吧，最好的方法就是我们还是回各自家去，你说对吗？"

鸢

　　有这样一只鸢，在啄我的脚。它已经把我的靴子和袜子撕开，这会儿正在啄我的双脚。它不停地用力猛啄，啄完之后便围着我焦躁地飞上几圈，接着又继续干它的活去了。

　　这时，正好有位先生从我的旁边经过，他停在那里旁观了一会儿之后问我，他说你为什么要这样容忍这只鸢。

　　"我无力抵抗啊，"我回答他说，"它来了就开始啄我，当时我当然想把它赶走，甚至还试图掐死它，可这种畜生太有力气了，它甚至已经准备往我脸上扑了，对比之下，那我宁愿牺牲我的双脚。你看现在，它们差不多已经被它啄烂了。"

"您竟然会忍受这样的折磨。"那位继续先生说，"您对着它开上一枪，这只鸢不就解决了。"

"是这样吗?"我问，"那么您愿意做这事吗?"

"愿意，"那位先生说，"只是我需要回家取我的枪。您能再等半个小时吗?"

"我不知道。"我说。

我疼得僵直地站了一会儿，然后说道："无论如何请您试一下。"

"好的。"那位先生说，"那我就快去快回。"

就在我们谈论这番话时，那只鸢就在旁边静静地听着，一双警惕的目光在我俩之间转来转去。现在我看出来了，它已经听懂了一切。所以，它飞起来，为了获得足够的冲力它使劲弓起身子，学着投枪手的样子把它的利嘴从我的口中深深地刺入我的体内。当我向后倒下时，我觉得自己像是解脱了一般，并且感到，这只鸢已经无可挽回地淹死在我那填平所有洼地漫过一切堤岸的血泊里。

洞穴

一

　　终于算是把洞修成了，看上去还挺成功。从外面看，只能看到一个大洞口，不过实际上它不通向任何地方，从洞口进去几步就会碰上坚硬的岩石。我并非为了炫耀自己故意玩了这么个花招，从前有过许多徒劳无功的造洞尝试，倒不如说这就是这些尝试之一的残余，然而我毕竟觉得留下一个洞口不掩埋有其长处。当然有些花招是弄巧成拙，这我比其他谁都清楚。留下这个洞口提醒人家注意此处可能有什么名堂，这肯定是冒险。谁若是以为我胆子小，谁若以为我大概只是由于胆怯才修了我这洞，那就把我看扁了。

离这个洞口大约一千步远的地方，是地洞的真正入口。这个真正的入口是由一层可以揭起的地衣遮蔽着，可以说这世上真有绝顶安全的东西，那么它就算上一个了。这是毫无疑问的。可能有谁会踩到这块地衣上或是把它碰下来，那我的地洞就无遮无挡了，谁如果有兴趣，谁就能够闯进来永远毁掉一切，不过应当注意必须具备某些并不多见的才干才能这样。这我非常清楚，我的生命如今正处于其巅峰，可就算是这样也几乎没有完全宁静的时刻，我会死在深色地衣下面的那个地方，在我的梦中，常常有一只贪婪的鼻子不停地在那里嗅来嗅去。

大家会想，我本可以堵上这个入口，上面用薄薄一层坚硬的土，再往下用松软的土，这样无论何时我费不了多少劲就能重新打通这条出路。然而这是不可能的，恰恰是谨慎要求我能够立刻跑出去，正是谨慎要求——遗憾的是次数那么多——拿生命冒险。这一切都靠相当艰难的计算，而机敏的头脑的自我欣赏常常是能继续算下去的唯一原因。我必须具备立刻跑出去的条件，不论我如何警觉，也会受到由完全意想不到的方向来的攻击，不是这样吗？我住在我这洞府的最里头过着宁静的生活，而那个对头在此期间正不声不响地掏着洞从某个方向慢慢向我靠近。我不想说他嗅觉比我灵。也许他对我的了解和我对他的了解一样少。

但有些食肉动物劲头十足，他们在地里到处乱拱，我的地洞规模宏大，他们希望能在什么地方撞上一条我的通道。当然，我有呆在家里、熟悉一切通道和知道方向的优势。闯入者可能很易成为我的牺牲品，一个味道甜美的牺牲品。但我会老，比我强壮的家伙比比皆是，我的对头不计其数，也许会发生这种情况，我逃脱了一个敌人，却又落进另一个敌人的魔掌。咳，什么事都会发生！不过无论如何我应当坚信，会有个十分便利畅通无阻的出口就在某个地方，我用不着费一点儿事就能从那里出去，这样我才不会正在那里在绝望地刨土时（尽管把土刨起来很容易），突然——苍天保佑我！——感觉到追捕者的牙齿咬住了我的大腿。

不仅外面有敌人威胁着我，地下也有这样的敌人。我还从未见过他们，但那些传说讲的就是他们，我对它们坚信不疑。那些生活在地下的家伙，就连传说也无法描述他们。即便已经成了他们的牺牲品也几乎看不到他们。他们来了，地底下是他们大显身手的地方，若是听到身下土里有他们的利爪抓土的声音，那你已经没指望了。这种时候就是呆在自己家里也没用，或者不如说是呆在他们家里。若碰上他们，即使那种出口也救不了我，可能它根本不是在救我，而是在毁我，但它是一种希望，没有它我无法生活。

除这条宽敞的通道外，将我和外部世界联系起来的还有一些窄而又不那么危险的通道，它们给我提供着新鲜空气。它们是那些森林鼠修的，我巧妙地把它们恰当地安排在我的地洞里。它们还能让我嗅到远处的气味，给我提供了保护。各种各样的小动物也通过它们来我这里，他们是我的食物，因此我根本不用离开我的地洞，就能猎到足以维持我那简朴生活的小动物，这当然很有价值。

我这地洞最大的优点是它的寂静。当然，这种寂静是虚假的，它可能会突然中止，一切也就结束了，不过这种寂静暂时还在。我可以在我的通道里悄无声息地转上几个小时，偶尔某个小动物会发出阵窸窣声，我立即就让他在我的利齿间安静下来，有时会响起土簌簌落下的声音，这向我表明必须进行某种修补，除此之外，我什么也听不见，洞里一片寂静。

二

林间的微风吹了进来，既温暖又凉爽。有时我伸展四肢，在通道里高兴得四下旋转。有了这样一个地洞，当秋天来临时就有了栖身之处，这对渐渐临近的老年来说还真不错。在这些通道里，我每隔一百米扩出一个小小的圆窝，我可以在这些地方舒舒服服地蜷起身子，用自己的体温取暖，休息，睡个安安稳稳的美觉，睡个要求得到满足的美觉。我不知道，这是否属于过去的习惯，或者说这洞所面临的危险是否已大得足以将我唤醒：我常常从沉睡中惊醒，竖起耳朵听着，听到的依旧是昼夜笼罩着这里的寂静，我放心地微微一笑，放松四肢又沉入更深的梦乡。

那些可怜的流浪者无家可归，只能呆在大路上和森林里，他们顶多是钻进一个落叶堆中，或是钻进伙伴堆里，听凭苍天大地随意摧残！我躺在这里，躺在一个四面八方都有安全保障的地方——在我的地洞里有五十多个这样的地方——随意挑选出一些时间，在似睡似醒和昏然而睡之间任其流逝。

我的主窝并不在地洞的正中间，它主要用来应付最危险的情况，这种情况不完全指被追踪，而是指被包围。在其他所有的地方大概都是费尽了心机而不是耗尽了体力，而这个堡垒则是动用了我身体各个部分的最繁重的体力劳动的结果。有好几次在累得走投无路时我已准备放弃一切，我仰面倒在地上，诅咒着这个地洞，我拖着身子走了出去，扔下地洞躺在那里。

我倒是可以这样做，因为我不准备再回那里去。过了几小时或几天我又后悔地回来时，我差点儿唱起一首颂歌赞美地洞完好无损，我带着由衷的喜悦又重新干了起来。偏偏计划修建堡垒的地方是沙质土，相当松软，必须把土砸结实，才能修出漂亮的拱形大圆窝，由于这个原因，堡垒的修建毫无必要地更加艰难，不必要的意思是，地洞从这无用劳动中并没得到真正的益处。干这样的活我只能用额头，也就是说，我不分昼夜，成千上万次地用额头撞击着土，如果我的血染红了它，那我可就高兴了，因为这是洞壁开始坚固的证明，谁都会承认，我就是用这种方法挣来了我的堡垒。

在这个堡垒里，我收藏着我的储备，凡是在地洞里捕获到的东西，凡是我外出打猎带回来的东西，除了平时的必需品，我全都堆放在这里。这块场地是那么大，即使半年的储备也占不满。因此我可以把它们摊开来放，在它们之间穿来穿去，和它们逗着玩，欣赏着它们的数量和各种各样的气味，随时都能一眼览尽现有的存货。以后我随时都能重新调整，根据季节搞一些必要的预算，制定一些狩猎计划。有些时候我的食物十分充足，由于我对吃的已经无所谓，因此对那些在这里四处乱窜的小家伙碰都不碰。

不过从另外一些理由来看，这样做恐怕有欠考虑。常常进行防御准备造成的结果是，我对如何利用地洞进行防御的看法变了，或者说发展了，不过范围很小。有时候我觉得，完全依靠堡垒进行防御是危险的，地洞的千姿百态给我提供了各种各样的可能性，我觉得把储备稍微分散一下，放到一些小窝里更符合谨慎的原则，于是我决定，把每第三个窝作为预备储藏地，或者把每第四个窝作为主要储藏地，每第二个窝作为辅助储藏地等等。

或者为了进行迷惑，另外也为了堆放储备，我堵上某些通道，或者完全采用跳跃式的方法，根据它们各自与主要出口的位置关系，只选上几个小窝。然而每项这样的新计划都要花费繁重的搬运劳动，我必须重新计算，然后再把存货搬过来倒过去。当然我可以不慌不忙慢慢地干，想在哪儿休息就休息，碰上可口的东西就偷偷吃下去，这也不是那么糟糕的事。有时候，一般都是从梦中惊醒时，我又觉得眼下这种分法根本不合适，会招来巨大的危险，因而也就不顾瞌睡和疲倦，非得立刻以最快的速度纠正过来，要是这样就糟糕了。于是我奔呀跑呀，于是我疾步如飞，于是我没有时间计算。

我一门心思要实施一项完全精确的新计划，所以就随便叼起刚好在嘴边的东西，拖呀，扛呀，叹着气，呻吟着，摇摇晃晃，我的想法很简单，哪怕是随便改变一下目前这种让我觉得十分危险的状况，我都会心满意足。随着睡意完全退去，我渐渐冷静下来，我几乎理解不了这种仓促，我将被我破坏的洞中的宁静深深吸入体中，回到我的睡处，由于重又感到疲倦，马上就睡着了，醒来时牙还叼着只老鼠，此时那场夜间劳动已恍惚如梦，这只老鼠大概可算一件不容辩驳的证据。随后我又觉得将所有储备统一放在一个地方是上上策。小窝里的储备对我有什么用，那里究竟能存放多少，要是总往那里放，就会堵住那条路，也许有一天将会妨碍我进行防御，更会妨碍我奔跑。

此外还有一个原因，如果看不到所有的储备都堆在一起，不能一眼就看清自己眼下拥有的东西，那自信心就会受到伤害，这虽然愚蠢，但的确就是这么回事。如果太分散了不也会丢失许多东西吗？我不可能老在纵横交错的通道里东奔西跑，查看是否一切正常。分散储备的基本思想是正确的，但得等我多有几处像堡垒这样的窝之后再说。多有几个这样的窝！当然啦！可谁能办到呢？现在也不可能把它们添进我的地洞的总体规划。不过我愿意承认，这项工程的一个失误就在于此，这就像无论什么若只有一份总是个失误。

三

我当然知道，在整个修建过程中，在我心里，在我的意识里，多修几个堡垒的需要模模糊糊，但我倘若有坚强的意念它就会清清楚楚，我对它没有让步，我觉着自己干这么重的活太虚弱了。是的，我觉得自己太虚弱了，想象不出这一工作的必要性，也不知怎么搞的我从一些已不太模糊的感觉中得到了安慰，我觉得，往常不可能的事这回放在我身上似乎将特受恩宠地破例成为可能，我得到这样一个额头，即夯土锤，是天意的特殊安排。我就只有一个堡垒，不过那种这次只修一个将不够用的隐隐约约的感觉已经消失了。不管怎么说，我得为拥有这一个感到满足，那些小窝不可能替代它，当这种看法在我心中成熟时，我又开始将所有的东西从各个小窝拖回堡垒。

所有的小窝和通道都腾了出来，但见堡垒里堆放着大量的肉食，众多的气味混在一起一直能远远飘到最靠外的通道，每种气味都以自己的方式让我如醉如痴，隔得老远我也能准确地将它们分辨开来，这些能让我在一段时间里得到某种安慰。随后到来的总是特别宁静的日子，这时我就将睡觉的地方逐渐从最外圈慢慢往里挪，越来越深地陷入那些气味的包围之中，到最后我再忍耐不住，一天夜里终于冲进堡垒，在那些储备中拼命翻腾，在无限的自我陶醉中用我爱吃的最可口的东西填满了肚皮，幸福但却充满危险的日子。

如果谁能够善于利用它们，谁就能轻而易举地消灭我而自己却不会受任何损伤。没有第二或第三个堡垒在这方面也起着危害的作用，诱惑着我的就是这个唯一的堆放地。我多次试图避免这种诱惑，分散到小窝里储存就是一种这样的措施，可惜它和其他类似的措施一样，由于惦念又导致了更大的贪婪，这种贪婪为了自己的目的冲脱理智随意更改着防御计划。

这种日子一过，为了定下神来，我总要审视一下地洞，待必要的整修结束后，我经常离开它一段时间，尽管总是只有很短一段时间。我觉得长期没有它的惩罚过于严厉，但我却看到了短期外出的必要性。当我接近出口时，总有某种庄严的感觉。住在洞里时我老是躲开它，即使在离它最近的岔道上也要避免走通往出口的通道。在那里转悠可不大容易，因为我把那里的通道修成了一个小迷宫。

我的工程就是从那里开头的，当时我还不能指望能按它在我规划中的样子干完它，我是半玩似的在这个小角落里开了头，在那里，我最初的劳动乐趣在修建迷宫中爆发出来，当时我觉得它是一切建筑之冠，然而今天我大概只能把它当作与整个地洞不大相称的小玩意儿，这小玩意儿从理论上讲虽然也许是珍贵的——当时我用嘲笑的口气对那些看不见的敌人说，这里就是我家的入口，我看见他们全都憋死在入口的迷宫中——但实际上却是个洞壁极薄的小玩意儿，它几乎抗不住一次真正的进攻或一个为求活命拼命战斗的敌人。如今我该为此而改建这一部分吗？我迟迟做不出决断，也许它将永远保持现在这个样子。除了我将面临的巨大的劳动量外，这也是所能想象到的最危险的劳动。当年开始修这洞时，我在那里还能比较从容地干活，风险也不比别处大多少，但今天这差不多就等于存心要让这世界都注意整个地洞，今天这再也不可能了。也会为第一件作品感到某种伤感，我几乎为此感到高兴。

如果真遇到强大的进攻，把入口设计成什么样子才能救我的命？这个入口能迷惑、引开，甚至还能折磨进攻者，在紧急情况下它就能起到这些作用。不过要对付一次真正强大的进攻，我得尽力使用整个地洞的所有手段，动用所有的体力和智力，这是不言而喻的。这个入口就让它这样吧。这个地洞有那么多大自然强加给它的缺陷，那由我的双手造成的这一缺陷也可以保留，虽然这缺陷要到事后才看得出来，但却能看得非常清楚。当然这一切并不等于说，我有时或许总是不为这一缺陷担心。如果说我平时散步时总要避开地洞的这一部分，那主要是因为一看到它我就觉着不舒服，因为如果我已非常强烈地意识到地洞的一个缺陷，我就不愿总是看到它。就让这个缺陷牢牢留在上面的入口吧，但只要能够避开，我就不想看到它。

只要我往出口方向走，虽然我与它之间还隔着一些通道和小窝，我就觉得已陷入一种极大危险的氛围中，有时我觉得自己的毛似乎在变稀，我似乎很快就会变成光秃秃的一块肉站在那里，似乎此时敌人正大喊大叫地欢迎我。毫无疑问这种感觉是外出本身造成的，也就是说家的庇护终止了，但特别让我揪心的入口也是个原因。有时我梦见自己改建了它，让它彻底变了个样儿，非常快，靠神力就花了一夜功夫，谁也没有觉察到，这下它是无法攻克了。在我所睡过的觉中，我做此梦的那一觉最甜最美，当我醒来时，喜悦和得到解脱的泪还在我的胡须上闪闪发亮。

如果我要外出，我也得在肉体上战胜迷宫的刁难。在我自己的这件作品中，有时我也要迷上一阵子路，它似乎还总在努力向我证明——对它的评价早已有定论——它存在的资格，每当这时我既十分恼火，同时又很激动，随后我就到了地衣盖子下面。我时常把时间留给它，也就是我不出家门的那段时间，好让它与森林的其余地面长到一块。现在只需用头猛撞一下，我就到另一个天地里了。

我有很长时间都不敢做这小小的动作，如果我又是无法战胜入口的迷宫，那我今天肯定要放弃，肯定要再溜达回去。怎么啦？你的家是安全的，是封闭起来的。你生活在一片安宁之中，温暖，吃得好，是主人，支配着无数通道和小窝的唯一主人，但愿你不想牺牲这一切，但却想在一定的程度上放弃，你虽然有信心重新得到它，但你是否要参与一场高额赌博，一场极高额的赌博吗？为此能找出理智的理由吗？不能，为这种事不可能找出任何理智的理由。然而后来我还是小心翼翼地顶开活门来到外面，小心翼翼地放下它，用最快的速度急速离开了这暴露秘密的地方。

四

尽管我早就不用在那些通道里硬挤过去了，可也不是在露天地里，而是疾奔在敞亮的森林里。我在体内感觉到了新的力量，在地洞里几乎就没有使用它的地方，就连在堡垒里也没有，哪怕堡垒再大十倍。外面的食物也是一种比较好的食物，虽然狩猎比较困难，成功的次数较少，但这种结果应从各方面进行更高的评估，这一切我都不否认，我善于利用和享受这些，至少不逊色于谁，可能还要强许多，因为我打猎不像流浪汉那样鲁莽或绝望，而是目的明确从容不迫。这种自由的生活不是给我安排的，我知道，我的时间是有限的，我不会在这里没完没了地打猎，只要我愿意以及厌烦了这里的生活，就会来个谁叫我去他那里，我将无法抗拒他的邀请。

既然这样我就可能尽情享受在这里的这段时间，无忧无虑地度过这段时间，还不如说，我本可以这样，但却不能这样。地洞太让我操心了。我飞快地离开了入口，但很快又回来了。我为自己找了个有利的隐蔽处，一连几天几夜监视着自己家的入口——这次是从外面。能说这是愚蠢的吗，这样做使我快乐得无法形容，这样做使我感到放心。后来在我睡着时，我觉得似乎不是站在自家门前，而是站在我自己面前，但愿我能一边沉睡，一边保护着自己。我差不多够得上是优秀的，我不仅能在睡着后的束手无策和轻信状态中看到夜间的鬼怪，而且在醒后浑身充满力量并具有冷静的判断能力时实际上也对付得了它们。

我觉得，如果我现在下洞回家，我的处境显然不像我以前常常想象得那么糟，不像我以后可能又会想象得那么糟。从这方面来看，大概也可以从其他方面看，但尤其是从这方面来看，像这种出游的确不可缺少。当然啦，我是如此谨慎地把入口造在一个偏僻的地方，不过若是将一个星期的观察总结一下，那里的来来往往还是非常频繁的，大概在所有适合居住的地区都是这样。与听任第一个慢慢搜寻的入侵者的摆布相比，好像处在比较频繁、由于其频繁因而从不间断的来来往往中要更好一些。这里有许多敌人，而敌人的帮凶则更多，不过他们之间也在相互争斗。争斗中急急匆匆地从我的洞口旁经过。在整个这段时间内，我还没看到谁在入口搜寻过，这是我的运气，也是他的运气，因为出于对地洞的担忧我肯定要莽撞地扑过去咬住他的脖子。

当然，也有成群来的，我可没有留在他们附近的胆子，只要预感到他们从远处过来了，我就得溜之大吉。无论他们如何对待地洞，都绝不容我表示自己的意见，但我很快又赶了回来，他们已不见踪影，洞口安然无恙，这就足以让我感到欣慰了。在那些幸运的日子里，我几乎要对自己说，这世界对我的敌视大概已经停止，或是已经平息，或是地洞的威力使我至今还未经历过一场毁灭性的战斗。地洞起到的保护作用也许已超出了我以前的想象，或者说超出了在洞内最大胆的想象。

结果到后来我时不时产生一种可笑的想法，再也不回地洞，就在入口附近住下来，以观察入口了此一生，时刻想着我若呆在洞里它能向我提供多么可靠的保障，并以此得到幸福，很快这种可笑的梦就被惊醒了。我在这里观察的到底是怎样一种安全？难道我能完全根据外面的经验去评估我在地洞里面临的危险？若我不在洞里，我的敌人难道还能嗅到真正的气味吗？他们肯定能嗅到我的一些气味，但不会是浓烈的气味。

通常不是有了浓烈的气味才会有真正的危险吗？因此说我在这里进行的极不充分的试验只适合于安慰我，通过虚假的安慰极为严重地危害我。不对，我以为我能观察我睡眠时的情况，其实就观察不到，更确切地说，睡着了的是我，而那个破坏者却醒着。也许他就在那些漫不经心地从洞口旁边溜达过去的家伙中间。完全和我一样，他们总是只确认一下洞门还完好无损，正等着他们进攻。

他们也就是打那里过一过，因为他们知道主人不在里面，或因为他们可能清楚地知道，洞主人正若无其事地潜伏在旁边的灌木丛中。我离开了我的观察点，我已厌倦露天下的生活。我觉得我似乎不能再在这里学习，现在不能，以后也不能。我想告别这里的一切，我想下到洞里再不上来了，听凭事情自行发展，我已没有兴致通过毫无用处的观察来阻止它们。

然而由于长时间能看到洞口上面发生的一切，我已养成了怪毛病，现在我若下洞势必要引起注意，要是我在这一过程中不知道背后发生的事情，那对我简直是一种折磨。我暂时在狂风怒吼的夜里试着迅速将猎物扔进去，这好像是成功了，但是否真的成功要到我自己下去之后才能见分晓，这会得到证实的，但不再是向我，即使是向我也太晚了。

五

我放弃了这种方法，我没有下去。我挖了一条沟进行试验，当然离真正的洞口有一段足够的距离，它没有我长，也用一个地衣盖子盖着。我钻进这条沟，随手盖上盖子，小心翼翼地等待着，算出一天中各段时间的长短，然后掀开地衣爬出来，把我的观察记下来。我积累了各种各样好方法和坏方法的经验，但却没有找到一个普遍的规律或一种万无一失的下洞方法。因此我还是没下真正的洞口，而且对是否得马上这样做这件事有些三心二意。

我也差点儿决定走得远远的，再去过那老一套的没有希望的生活，没有任何保障的生活，唯一富有的就是各种危险的生活，因此也就看不清个别的危险，也就不会怕它，我那安全的地洞和其他生活之间的对比经常教给我的就是这些。毫无疑问，这样的决定愚蠢至极，只有在毫无意义的自由中生活得太久才会干出这种蠢事。地洞依然属于我，只需跨出一步我就有了保障。我丢开一切疑虑，在大白天直接向洞门跑去，以便能准确无误地揭开它。但我还不能这样做，我跑过了它，故意扑进一个荆棘丛中惩罚我自己，为一个我不明不白的过错惩罚我自己。当然最后我不得不对自己说，我是对的，若现在下洞必然要暴露我最宝贵的东西，至少会向周围的一切生灵，地上的，树上的，空中的，公开暴露上一小会儿。

这不是一种凭空想象的危险，而是一种非常真实的危险。不一定就是一个真正的敌人被我激起兴趣追踪着我，极有可能是某个毫无责任的小家伙，某个令人讨厌的小生物，他出于好奇尾随着我，因而成了所有的生物来我这里的向导，可他自己并不知道。也不一定会这样，也许会这样，这样和其他情形同样糟糕，从某些方面看，这样可能还是最糟糕的。也许是我的一个同类，也许是一个建筑行家和评价者，也许是一个林中伙伴，也许是一个和平爱好者，但也许是一个想不劳而居的粗野的流浪汉。

如果他现在来了，如果他带着肮脏的欲念发现了洞口，如果他开始动手揭那块地衣，如果他居然成功了，如果他硬要挤进去找我，而且已经挤得还要将屁股在外面露上一会儿，如果发生了这一切，那就是为了让我终于能够毫不犹豫地飞也似的从他身后扑向他，咬他，撕他，扯碎他，喝光他的血，马上把他的尸体充作另一件战利品塞到其他猎物的堆里去。然而首先是我终于又回到我的洞里，这是最主要的，这回我甚至会乐意赞赏那个迷宫，不过我想先拉上头顶的地衣盖休息休息，我觉得，我此生所剩下的全部时间我都想用来休息。

　　然而谁也没来，我只能靠我自己。我虽然还老是只想着这件事的难处，但我的恐惧感已消失了许多，我也不再极力避开洞口，围着它徘徊成了我的乐事，这样一来似乎我就成了那个敌人，正在暗暗寻找成功地闯进去的良机。如果我有个可以信赖的谁能放到我的观察点上，那我就能放心地下洞了。我会与我信赖的他约好，他将在我下洞时及随后的一段时间内仔细观察那里的动静，如有危险迹象就敲地衣盖子，否则就不敲。这样我的上面就万无一失，干干净净，顶多只有我信任的他。

　　——假如他不要报酬，那他至少还不想看看地洞？自愿放谁进我的洞，这一定会让我特别为难。我修这洞是为自己住，不是为叫谁来参观，我想，我不会放他进洞，即便是亏了他我才有可能回到洞里，我也不会放他进来。不过我也根本不可能放他进来。因为要么我得让他单独下洞，这根本无法想象，要么我们就得同时下去，这样一来他带给我的好处，即在我身后进行观察，也就随之而去了。

　　那信任又怎么解释呢？面对面我可以信任他，如果我看不见他，如果我们隔着地衣盖，我还能照样信任他吗？如果同时也在监视着他或至少能够监视他，那信任他还是比较容易的，信任远方的谁甚至也是可能的，但若呆在洞里，即在另一个天地里完全信赖外面的谁，我认为，这是不可能的。

然而这种疑虑根本没有必要，试想，当我下洞期间以及下洞之后，无数生活中的偶然事件都可能阻碍这位信得过的他履行自己的职责，他碰到的最小的障碍也会给我带来无法估量的后果，仅仅考虑到这一点就足够了。

不，总而言之，我根本就不必抱怨我独自一个，没有谁可以信赖。我不会因此失去任何优点。可能还会避免一些损失。我只能信任自己和地洞。如果我以前就考虑到这一点，那就应该为现在叫我犯愁的事采取预防措施，这在修建地洞之初至少还有一半可能性。我一定会给最外面的通道修两个距离适当的洞口，这样的话当我遇到任何难以避免的麻烦从这个洞里下去后，就飞快穿过通道跑向另一个洞口，那里的地衣盖修得应符合这一目的的需要，应有少许缝隙，我才能设法从那里全面观察几天几夜外面的动静。只要能这样就行了。

虽然两个洞口会使危险加倍，但也不必多虑，因为有个洞口仅仅作为观察点，因此可以很狭窄。我沉迷在技术问题的思考之中，我又开始做起了拥有一个完美无缺的洞府的梦，它使我得到少许的安慰，我闭上双眼美滋滋地看着眼前浮现的或清或不太清的修洞方法，能造出进出时谁也发现不了的洞口的方法。

六

当我躺在那里思考这些时，我对这种种可能性评价极高，不过仅仅是作为技术方面的成就，而不是作为真正的优越之处，因为畅行无阻地钻进钻出，这该意味着什么？它意味着不安的意识，没有把握的自我评价，不正当的欲望，不良的素质，由于有了这地洞，由于只要向它完全敞开心扉它就能为你注入安宁，这些素质将会变得更加不良。当然我现在不在洞里，正在寻找回洞的机会，因此像这种必要的技术设施该是非常理想的。不过也许并不那么理想。

如果将这地洞只看作一个准备尽可能安全地躲进去的巢穴，那不就等于在一时感到神经质的恐惧时在贬低它吗？当然，它倒是这种有安全保障的巢穴，或者说本该是，假如我处在危险之中，我也会咬牙切齿使出全身力气希望这地洞仅仅是专门救我的性命的窟窿，希望它尽可能圆满地完成这项明确的任务，而且我情愿免除它的其他一切任务。

然后现在的情况却是这样，事实上——大家在遇到大难题时根本看不到这个事实，即使在受到危害时也是不得已才看到它——地洞虽然提供了许多的保障，但还远远不够，什么时候一进洞就能无忧无虑？洞里还有其他数目更多、内容更广、常常被深深压了回去的忧虑，但它们煎心揪肠的程度恐怕并不亚于洞外的生活所引起的忧虑。如果我修这个地洞仅仅是为了我的生命安全，那我虽然不会失望，但起码就我能够感觉到的安全保障以及能从它那里得到的好处来看，巨量的劳动和实际得到的保障之间的比例是一种对我不利的比例。

向自己承认这一点是十分痛苦的，但必须要承认，而正对着如今将我这建造者和所有者拒之门外的洞口，承认这一点简直叫我局促不安。然而这个地洞并不仅仅是个救命的窟窿。当我站在堡垒里，四周高高堆放着肉类储备，面对着十条以那里为起点的通道，它们完全依照主窝的需要或升或降，或直或弯，或宽或窄，它们一律空空荡荡，寂静无声，各条通道都准备以各自的方式引导我前往众多的小窝，而它们也全都寂静无声，空空荡荡——这时我很难再考虑什么安全不安全，这时我清楚地知道这里就是我在难以驯服的土里用手刨、用牙啃、用脚踩、用头撞出来的堡垒，无论如何也不可能另有所属的堡垒，它是我的，因而最终在这里我可以泰然自若地接受我的敌人加在我头上的死亡，因为我的血在这里渗入了我自己的土地，我的血不会遗失。

那些美好时光的感受则与此完全不同了，我或宁静地睡着，或愉快地醒着，通常都是在通道里度过这些时光，这些通道都为我自己经过极为精确的计算，既能舒舒服服地伸直四肢，也能像孩子似的打滚，又能恍恍惚惚地躺在那里，还能长卧而眠。每一处小窝我都了如指掌，虽然它们一模一样，但闭上眼睛我也能根据洞壁的弧度一清二楚地分辨出它们，它们罩住了我，宁静而温暖，任何鸟巢也不会像这样笼住巢里的鸟。一切，一切都寂静无声，空空荡荡。

既然如此，我为何还犹豫不决，为何我担心入侵者更甚于担心可能再见不到自己的地洞。是呵，幸亏后者是不可能的，根本用不着动脑筋我就明白地洞对我意味着什么。我和地洞属于一个整体，我可以泰然自若地，不管我多么恐惧也可以泰然自若地住在这里，因此我根本没有必要竭力强制自己毫不犹豫地打开洞口，我什么也不用干，光等着就完全够了，因为什么也不能将我们长期分开，毫无疑问我最终将以某种方式下到洞里。不过，到那时还要过多长时间？在此期间这上面和那下面还会发生多少事？而缩短这段时间以及马上就做这件紧迫的事，那就全看我了。

现在，我已困得无力思考，耷拉着脑袋，腿脚不稳，昏昏欲睡，说是走还不如说是摸索着挨近了洞口，慢慢掀开地衣，慢慢下去，由于神思恍惚让洞口多敞了好长时间，后来我想起了这被疏忽的事，又再上去补做。但我为何要上来？盖上地衣盖子就行了，那好吧，那我就再下去，现在我终于盖好了地衣盖子。只有在这种状况下，唯有在这种状况下我才能干这件事。——随后我就躺在地衣下面，身下是带进来的猎物，四周淌着鲜血和肉汁，这下我该能开始睡那渴望之极的觉了。什么也不会来打扰我，谁也没有跟踪我，地衣上面好像，至少直到现在好像是寂静无声，即使不是寂静无声，我想我现在也不会花费时间去观察。

七

我已经调换了地点，已从外面的世界来到自己洞里，我马上就感觉到了它的作用。这是一个新的世界，能获取新的力量的世界，上面的疲倦到了这里就不是疲倦了。我旅行归来，各种辛劳累得我已无知无觉，然而与这故居重逢，正等着我去干的安置工作，至少走马观花地赶快各处走走的必要性，尤其是尽快去一趟堡垒，这一切都将我的疲倦化作了焦急和热情，好像在我进洞的那一刻，我已睡了一个深深的长觉。第一件要干的活非常辛苦，我得全力以赴，这就是把猎物运过迷宫的那些狭窄的薄壁通道。

我使出全身力气往前推，也倒还可以，但我觉得太慢了。为了加快速度，我把那堆肉的一部分扯到身后，从它们上面挤过去，又从它们中间挤过去，现在我前面只有一部分，这下把它们往前送就容易多了，但我呆在这么多的肉中间，而这里的通道又这么狭窄，即使我独自一个也不总能轻而易举地穿过去，这样我也许会闷死在自己的储备物中，有时我只好用连吃带喝来对付它们的拥挤。但这次搬运成功了，我在并不太长的时间内完成了它，迷宫被战胜了，我在一个正规的通道里松了口气，通过一个连接通道把猎物搬进一个专门为这种情况设置的主要通道，此通道是个陡坡，通往下面的堡垒。现在不用动手，所有的猎物几乎是自己往下滚，往下滑。

终于到了我的堡垒！我终于可以休息了。一切都没变，好像也没发生什么较大的意外，我第一眼就发现了的那些小小的损伤很快就能修好，只是先得到各个通道转上一大圈，不过，这不费什么劲，是和朋友们闲聊，完全和我很久很久以前做的一样，或者是像我以前所做的或像我以前听说的，我还没有那么老，但对于好多事情我的记忆已经完全模糊了。现在我故意慢慢从第二个通道开始，见过堡垒之后，我有无穷无尽的时间——在地洞中我总是有无穷无尽的时间——因为我在那里做的一切都很重要，都令人喜欢，都在一定程度上使我感到满足。我开始查看第二个通道，走到中间我停止了检查，又转向第三个通道，让它把我领回堡垒，而我又得重新开始查看第二个通道，就这样干着玩着，加大着工作量，我暗暗笑着，我感到高兴，我被这么多的工作弄得头昏脑涨，但我没有丢下它们。

为了你们，你们这些通道和小窝，首先是为了你，堡垒，我才来了，我才认为我的生命毫无价值，可在这之前我却犯了那么长时间的傻，为了我的生命的缘故而瑟瑟发抖，迟迟没回到你们身边。如今我和你们在一起，那危险又与我何干。你们是我的一部分，我是你们的一部分，我们紧紧连在一起，什么能奈何得了我们。哪怕上面的那帮家伙挤成一团，哪怕那些将要捅透地衣的嘴已做好准备。地洞以其沉默和空荡欢迎着我，使我所说的话更有力量。

——可我此时感到一种倦意，在我最喜欢的一个小窝里稍稍蜷起身子，再查很长时间我也查不完，但我还想查下去，一直查完，我不是想在这里睡觉，我只是经不住诱惑想在这里适应一下，也就是说一想睡觉我就想检验一下，在这里是否还总像以前那样能成功地入睡。成功倒是成功了，但我却没能成功地挣脱出来，我在这里一直深睡下去。

大概我睡了很长时间，直到睡得足足的，在要醒还未醒时我才被吵醒了，此时我睡得一定很轻，因为吵醒我的是一种几乎听不见的嘶嘶声。我立刻就明白了，在我外出期间，我平时看管不够而爱惜有余的那帮小家伙在什么地方打了一个新的通道，它与一条老通道相遇，流动空气在那里搅成一团，因此产生了这种嘶嘶声。多么勤劳的一窝，多么令人讨厌的勤劳！我贴在通道壁上仔细听着，我得先通过挖掘确定干扰的地点，然后才能消除这种声音。另外，这新通路若符合地洞的实际情况，那我也欢迎它作为新的通风道。但我要比以前更加注意这帮小家伙，不能再给予任何保护。

搞这种调查我非常熟练，大概用不了多长时间我就可以马上开始。虽然还有其他事情摆在面前，但这是最紧急的事，我的通道里应该寂静无声。不过这种声音也不大要紧。我回来时它肯定就已存在，可我根本没听见。我得先完全熟悉了这里的情况才能听见它，几乎只有洞主人的耳朵才能听到它。它不像这种声音在一般情况下那样总是持续不断，而是有很长的间歇，显然是因为气流受阻。我开始调查，但却没有找到关键地方，我虽然挖了一些地方，但只是瞎碰运气。

这样下来当然什么结果也没有，挖掘付出了大量劳动，回填和平整付出的劳动更多，但统统是徒劳一场。我根本就没有接近那个声源，它总是那么微弱，间歇很有规律，时而如嘶嘶声，时而像呼哨声。是啊，我暂时也可以对它置之不理，虽然它干扰性很大，但我所设想的声源几乎不会有什么疑问，也就是说它几乎不会增强，相反的，也可能会这样——当然在此之前我从未等过这么长时间——由于那帮小家伙继续掘下去，过段时间这种声音将会自行消失，除此之外，一个偶然的机会常常能轻而易举地让我发现这种干扰的蛛丝马迹，而系统的寻找却可能在很长时间内一无所获。我这样安慰着自己，我更想继续在通道里漫步，看看那些小窝，它们中有好多我还没去看过，这段时间我总想在堡垒里嬉戏一会儿，但那声音却没放过我，我必须继续寻找。

八

那么多时间，那么多时间，本来可以更好地利用它们，可全都耗在那窝小东西身上了。在这种情况下吸引我的一般都是技术问题，例如我根据我的耳朵能辨出的其所有细微之处和我能准确记录下来的声音想象着起因，并且急于核实这与事实是否相符。只要这里还有什么确定不下来，我就可以有充分的理由感到不安全，即使仅仅是要搞清楚洞壁上落下的一颗沙粒将滚向何处。而这样一种声音在这一方面绝非一件无足轻重的事。然而无论重要与否，无论我怎样寻找，我什么也找不到，或者还不如说，我找到的太多了。

这肯定就发生在我最喜欢的窝里，我想，我走得离那里相当远，几乎再走一半就到下一个窝了，这本来只是个玩笑，似乎我想证实绝对不仅仅是我最心爱的窝给了我这种干扰，而是其他地方也有。我微笑着开始仔细听起来，但很快就收回了微笑，因为千真万确，这里也有同样的嘶嘶声。有时我想，什么也没有，除了我谁也听不到，当然，我用练得更加灵敏的耳朵现在听得越来越清楚，尽管通过对比我可以确信，实际上到处都有这种声音。用不着贴着洞壁仔细听，只要在通道中间集中注意力听就听得出来，它也没有增强。只有使很大的劲，即专心致志，我才能听出，或者更应该说是猜出偶尔声音大了一点点儿。

然而恰恰是到处都一样对我的干扰最厉害，因为这与我当初的推测不一致。我本该正确地猜出这种声音的原因，它本该极其强烈地从某个地方发出，然后越来越弱，这个地方本该能找到。如果我的解释不符合事实，那还会是什么？还有一种可能，这种声音有两个中心，直到现在我只是在离中心很远的地方听着，当我接近一个中心时，虽然它的声音增强了，但由于另一个中心的声音减弱了，因此总体效果对耳朵来说总是基本不变。我几乎认为，只要仔细地听，我已能辨出声音的区别，尽管十分模糊，但它符合新的推测。无论如何我的试验区不能像今天这么小，得大大扩展一下。因此我顺着那条通道往下走，一直走到堡垒，开始在那里听起来。

——奇怪，这里也有同样的声音。那么，这是某些微不足道的动物掏土时发出的一种声音，他们用不光彩的方式利用了我不在的那段时间，至少他们没有针对我的意图，他们只是在干自己的活，只要路上碰不到什么障碍，他们就一直保持着选定的方向，这一切我都知道，尽管如此我还是不理解，我还是不安，他们竟然敢接近我的堡垒，这把在这项工作中必不可少的判断力给搅得乱七八糟。在这方面我就不想去分辨了：这是否起码已是堡垒所在的深度，是否是它巨大的规模以及与之相应的强气流吓退了那帮掏洞的家伙，或者干脆就是此处是堡垒的事实通过某些信息已穿入他们那迟钝的感官？至少到现在为止我在堡垒的洞壁里还没观察到挖过的痕迹。

虽然大批的动物是被强烈气味诱惑来的，这儿是我的固定猎场，但他们在上面的什么地方打洞进了我的通道，然后才下到这些通道里来，虽然忐忑不安，但却受着强烈的诱惑。这么说他们也在通道里打过洞。至少我本该完成我青年及中年时代早期那些最重要的计划，更确切地说，我本该有完成它们的力量，因为并非没有过这种意愿。当年我最喜爱的计划之一就是将堡垒与其周围的土隔开，也就是说，给它的洞壁只留下相当于我的身高的厚度，然后在堡垒的上下左右前后，除留下一个可惜不能与土分离的小基座外，造一个与堡垒的洞壁那么大的空穴。我总是把这个空穴——大概差一点儿就没有道理了——想象为我所能拥有的最漂亮的居留地。

悬在这拱形物上，爬上去，滑下来，翻几个跟头，又踏在实地上，所有这些游戏全都是在堡垒身上玩的，那可不是它本来的空间。如果堡垒只有一个普普通通的敞开式的入口，就不可能避开它，就不可能让眼睛休息不看它，就不可能将看到它的喜悦推迟到以后的某个时刻，就不可能把它紧紧地握在爪子之间，而是必须得离开它。

但主要是能够看护它，能弥补因看不见它而产生的不足，因此若能在堡垒和空穴之间选择居留地的话，那我肯定为我的一生选择空穴，永远在那里来回溜达守卫堡垒。要是这样洞壁中就不会有这种声音，就不会有谁胆大包天地挖到窝边来，那里的安宁也就有了保障，而我就是它的保卫者，我听那些小东西掏洞时就不会反感，而是陶醉着迷，我现在丝毫没有注意到的是：堡垒的宁静中也发出沙沙的响声。

但所有这些美事现在都不存在，我必须去干自己的活，我几乎不由地感到高兴，我干的活现在直接涉及堡垒，因为这激励着我。情况越来越清楚，我显然要把我的全部力量都用在这起初好像是微不足道的活上。现在我在听着堡垒的洞壁。无论在什么地方，无论在高处还是在低处，无论是贴着洞壁还是贴着地面，无论是在洞口还是在洞内，无论在哪里，我到处都能听到相同的声音。长久地倾听这种间隙性的声音要耗费多少时间和多少精力。

九

如果愿意的话，我也可以找到一种小小的安慰来欺骗自己，也就是说，在堡垒里耳朵若离开地面就什么也听不见了，因为堡垒里面积大，和在通道里不一样。仅仅是为了休息，为了思考，我才时不时地这样试一试，我使劲听呀听，什么都听不到，我挺高兴的。另外，到底发生的是什么事呢？面对这种现象我的头几个解释毫无用处。但我面前出现的其他解释我又不得不否定。我可以认为自己听到的就是那帮小家伙干活的声音。但这好像违背所有的经验。有的声音尽管一直存在我却从未听到过，我不可能突然间开始就能听见它。

随着年龄的增长，我在地洞里对各种干扰可能会更加敏感，但我的听觉绝不会越变越灵。听不到他们的声音，这正是那帮小东西的特点。难道我以前容忍过他们？我本该冒着饿死的危险根除掉他们。不过也许是这样，有种想法悄悄在我脑中冒了出来，闹出这种声音的是一只我还一无所知的动物。可能就是这样。

我对地下的生活虽然观察了很久，而且也很认真，但这世界丰富多彩，什么意想不到的坏事都有。但那不会只是一只动物，必定有一大群，他们突然闯入我的领地，那是一大

群小动物，虽然他们强于那窝小家伙，因为可以听见他们的
声音，但也只是稍稍突出一点儿，因为他们干活的声音很小。
有可能就是我不了解的动物，一群正在浪游的动物，他们只
是途经这里，就是他们在打扰我，不过他们的队伍就要过完
了。若是这样我完全可以等着，不必干任何多余的事。

但如果是陌生的动物，我为何看不见他们？我已挖了许
多沟，为的就是能抓住他们当中的一个，可我一个都没找到。
我突然想到，也许是非常非常小的动物，比我知道的还要小
许多，只是他们弄出的响动比较大。因此我在挖出的土中搜
寻起来，我将土块抛到空中，掉下来后摔得粉碎，但制造噪
音的家伙并不在下面。我慢慢认识到像这样随便乱挖小沟我
什么目的也达不到，只是把我的洞壁挖得乱七八糟，急急忙
忙在这里掏一掏，又在那里刨一刨，来不及把洞再填起来，
有许多地方已堆起了土堆，既挡住了路又挡住了视线。

当然这一切对我也是干扰，现在我既不能到处走走，也
不能环顾四周，也不能休息，我常常在一个洞里挖着挖着就
睡着了，不过也就是一会儿，一只爪子还挖进上方的土中，
我临睡着前正想从那里扒下一块。现在我要改变一下我的方
法。我要对着声音的方向挖一个真正的大洞，不停地挖，不
依赖任何理论，直挖到找出这种声音的真正原因为止。如果
我有能力将清除它们，如果能力不够，至少我有了明确的答

案。这种答案或给我带来安慰，或给我带来绝望，但无论怎么样，无论是前者还是后者，都是毫无疑问的，都是有根有据的。

这个决定使我感到心畅体舒。我觉得在此之前所做的一切都过于仓促。我还处在归来的激动之中，还没丢掉洞外世界的忧虑，还没完全适应洞里的宁静，因不得已长期离开它而变得过于敏感，因而被一个自认是奇怪的现象搞得不知所措。到底是什么？隔上很长一段时间才能听到的一种轻轻的嘶嘶声，一种或许能适应的微不足道的东西，我真不想这么说。不，这是不可能适应的，但可以暂不采取什么措施地观察它一段时间，这就是说，隔几个小时听上一下，耐心地记下结果，可我在此之前却沿着洞壁将耳朵蹭来蹭去，几乎只要一听到那声音就掘开泥土，不是为了能真正找到什么，而是为了做点儿与内心不安相应的事。我希望现在能变变样。

我又不希望变个样，我闭上双眼憋着对自己的一肚子火这样告诉我自己，因为这种不安几个小时以来在我心中颤抖，如果不是理智制止着我，可能我就会随便在某个地方麻木固执地挖起来，仅仅就是为了挖，能否在那里听到什么根本无所谓，差不多和那帮小家伙一样，他们或者是毫无意识地挖着，或者仅仅是为了啃泥土。这个理智的新计划对我既有诱惑力又没有诱惑力。什么也不可能成为反对它的理由，起码我找不出反对的理由，就我的理解，它肯定通向目标。尽管如此我还是根本不相信，我是那样不相信它，以至于我丝毫也不担心它的结果可能造成什么灾祸，我连可怕的结果也不相信。

是的，我觉得，这种声音刚刚出现我就想到了这种坚持不懈的挖法，仅仅因为我不相信它，所以直到现在还未开始。即使这样，我当然将会开始这样挖的，我再没有别的选择，但不会立即开始，我将把这个活儿稍稍往后推一推。如果理智应当受到尊重，那这就完全会顺理成章地发生，我不用全力投入这项工作。

无论如何我将事先评估一下我的挖掘给地洞造成的损失，这将会花费不少时间，但却是必要的。如果这新的挖掘的确通向某个目的地，好像也要挖很长时间，如果根本就不通往任何目的地，那就将挖个没完没了，干这种活至少意味着要离开地洞一段较长的时间，但不会像在洞外世界那么糟糕，我可以随时停下手里的活回家看一看，即使我不这样做，堡垒的空气也会向我飘过来，笼罩住正在干活的我，但这依然意味着离开地洞，将自己交给一个毫无把握的命运，因此我想让地洞在我身后一切都保持正常，要是为它的宁静而奋战的我扰乱了它却没立即恢复它，那可不行。于是我开始把土往一个个坑里填，这种活我非常熟悉，我曾无数次干着它却几乎没意识到它是活,我能把它干得非常出色,尤其是最后的压实和平整,这绝不是赤裸裸的自夸,事实就是如此。

然而这次我却觉得很艰难,我的注意力过于分散,干活时我一再把耳朵贴在洞壁上仔细听着,漠然听任刚刚推上去的土又在我身上溜到坡下去。至于最后的装饰活我几乎干不了,因为它需要更加集中注意力。丑陋的隆起部分和很不顺眼的裂缝依旧还在,更谈不上让这样修补出来的洞壁在整体上恢复原先的弧线了。我尽量这样来安慰自己,这只是一个暂时这么干的活。等我将来回来,如果重新获得了宁静,我将彻底改善这一切,到那时这一切都将做得飞快。

✝

是的,童话里的一切都是飞快的,而这种安慰就属于童话。最好现在马上就干出完美无缺的活,这要比一再中断它、跑到通道里转来转去确定新的声源更有益,那些事的确非常容易,因为除了随便站在什么地方竖起耳朵听,再也不用干什么。我还有另外一些毫无用处的发现。有时我觉得那声音似乎停止了,其实那是长时间的间歇,有时那种嘶嘶声响起时我没听见,自己的血液在耳中发出的咚咚声太大了,于是两个间歇便合而为一,有那么一会儿我还以为嘶嘶声永远停止了。

我不再听了，我跳了起来，整个生活正在发生彻底的变化，好像那个泉眼开开了，地洞的寂静从中喷涌而出。我避免马上去核实这一发现，我要寻找一个能信得过的谁，先委托他去核实，因此我飞快地跑向堡垒，因为我身上的一切都已苏醒过来迎接新的生活，我才想起已经好长时间没吃东西，我从已快埋进土里的储备中随手扯出一些东西，狼吞虎咽地吃起来，同时又快速地返回发现这难以置信的事情的地方，我想先在吃东西期间顺便再证实一下此事，只是大概证实一下，我听着，可粗粗一听我马上就明白过来，我犯了个该诅咒的错误，远处依然传来不可否认的嘶嘶声。我吐出了食物，恨不得把它踩到地里去，我得再去干自己的活，却根本不知道该干什么。

在某个似乎急需要干的地方——这种地方有的是，我开始机械地找了点活干，就好像是监工来了，我必须给他耍个花招。但我刚刚这样干了一会儿，我就可能又有了新的发现。那声音似乎变大了，当然也大不了多少，这里所说的总是最细微的差别，但即便是大一丁点儿，我这耳朵也能清楚地分辨出来。这种变大的声音好像意味着距离近了，比听见声音增强要清楚得多，我真的看见了它越走越近的脚步。我从墙边跳开，想一眼就能看到引起这种发现的一切可能。我意识到，好像我从未在洞中真正设置过什么来抵御一次进攻，我有过这种意图，但我觉得进攻的危险违背一切生活经验，因此没有防御设施——或者说并非没有。

这简直是不可能的！但在等级上远远不如用于和平生活的设施，因此和平生活设施在洞中处处优先。本来在防御方面能修建许多设施而不影响基本规划，而这一点却令人费解地给忽视了。在所有这些年中我有许许多多的运气，这些运气惯坏了我，我也曾不安过，但幸运时的不安不会有任何结果。

现在首先要做的就是从防御以及能想象出来的一切防御的可能性的角度查看一下地洞，制定一个防御计划和一个相应的修建计划，然后马上像小伙子一样精力充沛地干起来。这是迫在眉睫的工作，顺便说一下，现在才干当然为时太晚，但这是迫在眉睫的工作，绝不是挖一个大研究沟，挖这种沟其实只是一个用处，即让我在毫无防御能力的情况下尽全力去寻找那个危险，还愚蠢地担心若让危险自己来可能还不够快。突然间我无法理解我以前的规划。在以前的明智的规划中，我找不到一丁点儿明智，我又停下了手里的活，我也不再去听，现在我再也不想发现新的声音的增强，我已厌倦发现，我放弃了一切，如果我能平息内心的矛盾我就满足了。

　　我又顺着通道漫无目的地走下去，越来越远，来到自我归来还未见过、我刨土的爪子一下还未碰过的通道里，它们的寂静在我到来时苏醒了，从我的上方漫下来。我没有流连，我快步穿了过去，我压根不知道我在寻找什么，也许只是在打发时间。我稀里糊涂地走着，最后竟到了迷宫，到地衣盖边听一听的想法诱惑着我，那样遥远的东西，此刻是那样遥远，我对它们产生了兴趣。我挤到上面听着。深沉的寂静。这里可真美，外面谁也不来管我的地洞，大家都忙着自己的事，与我无关的事，我是如何取得了这样的成功。地衣盖旁边现在大概是地洞中唯一一个我听上几小时也听不到那声音的地方。

十一

　　和洞内的情况完全相反，以前危机四伏之地成了一个安宁的地方，而堡垒却成了嘈杂和危险的世界。更糟糕的是，这里实际上也不太平，这里什么都没改变，无论是宁静还是喧闹，危险和以前一样就潜伏在地衣上面，但我对这种危险已经不敏感了，洞壁中的嘶嘶声把我累坏了。我被它累坏了？它越来越强，它越来越近，而我却绕来拐去穿过迷宫，躺在上面的地衣下休息，这几乎就等于我已把家让给了那发出嘶嘶声的家伙，只要在这上面能安静片刻我就感到满足。

　　也许是对这种声音的起因我又有了某种新看法？也许这声音出自那帮小家伙挖的水沟？这不就是我明确的看法？我好像还没有放弃它。如果它不是直接出自那些水沟，也是以某种方式间接出自那里。如果它与水沟毫不相干，那可能当下就没什么可假设了，那就只好等待，直到或许是找出了原因，或者等那原因自己显露出来。当然现在还能玩玩假设的游戏，比如可以说，远处某个地方渗进了水，我以为是呼哨声或嘶嘶声的其实是一种哗哗声。

　　如果不考虑我在这方面毫无经验——当初一发现地下水我就立刻将其引走了，再也没出现在这沙质土中——它还是一种嘶嘶声，不可能把它解释成一种哗哗声。无论怎样提醒自己静下心来又管什么用，这想象力就是不肯歇下来，事实上我依旧在猜想——对自己否认这一点毫无意义，这种嘶嘶声是出自一个动物，也就是说，不是出自许多小动物，而是出自一个大动物。也有一些地方不对头，比如到处都能听到这种声音，大小总是一样，而且无论昼夜都很有规律。

　　当然啦，首先应该更加倾向许多小动物的假设，但由于我在挖掘中本该找到他们却什么也没找到，于是就只剩下有个大动物的假设了，更为重要的原因是，似乎不符合这种假设的情况并没有排除这个动物存在的可能性，而是使他具有了超出一切想象的危险性。仅仅由于这个缘故我才抗拒着这种假设。

　　我要抛开这种自我欺骗。我已经想了很久，即使隔得很远也能听到那声音的原因是他在拼命地干着活，在地下打洞就和在畅通无阻的通道里散步一样快，泥土在他打洞时瑟瑟颤抖，当他过去之后，余震和干活发出的响声在远处汇合在一起，我听到的只是这种响声即将消失时的余音，所以到处听到的都一样。起着相同作用的还有，这只动物不是朝我而来，因此声音没有变化，确切地说已经有了一个我看不透其用意的计划，我只在推想——在这方面我极不愿意断言——这个动物了解我，他在封锁我，也许自我观察以来他已围着我的地洞转了好几圈——大量的思考的结果是我确定了这种声音的种类，嘶嘶声或呼哨声。

　　如果我用我的方式刮土刨土，那听起来就完全是另外的声音。我只能这样给自己解释这种嘶嘶声，这只动物的主要工具不是他那也许只起辅助作用的爪子，而是他的嘴或长鼻子，当然除了力大无比之外，它们大概也较锋利。可能只需猛刺一下，他的长鼻子就能钻进土里挖出一大块土，在此期间我什么都听不见，这就是那间歇，随后他又吸气准备再刺。这种吸气必然是一种震撼泥土的噪声，这不仅是因为这只动物力大无比，而且也因为他的焦急和工作热情，这种噪声就被我听成了嘶嘶声。然而我依然丝毫理解不了他能不停地干的能力，也许短暂的间歇中也含有小歇片刻的时间，不过显然他还没有真正的长休，他昼夜不停地挖着，一直保持着同样的体力和精力，心里装着应该尽快实施的计划，他具有实现这个计划的一切能力。

我不可能料到会有这样一个对手。然而除了他这些特点之外，现在正在发生的可正是我本该一直担心的事，我本该时刻为其采取防范措施的事：有谁靠近了！以前怎么会有那么长一切都寂静平安的时间？敌人耀武扬威地围着我的财产转着圈子，是谁在控制他们的路线？为什么我受到这样的惊吓？和这一危险相比，我过去花费许多时间认真考虑的所有小危险又算什么！我是否是作为这地洞的所有者希望能胜过所有可能进来的家伙？恰恰是作为这个敏感的大洞系的所有者，我无力抵抗一切较猛的进攻。

地洞所有者的幸运宠坏了我，地洞的敏感也将我变得敏感了，它若受到伤害我会痛苦万分，就好像伤害的是我。我本该预料到的正是这一点，我不仅应考虑自身的防卫——这件事我干得是那样敷衍了事毫无结果——而且应考虑地洞的防卫。

首先必须对此采取预防措施，地洞的个别部分，很可能是许多个别部分，一旦受到谁的攻击，就应能通过用大量的土来填堵将它们与那些受损较少的部分有效地分隔开，填堵必须在最短的时间内完成，这样进攻者就无法知道那后面才是真正的地洞。还有，这种填堵应不仅适合用来隐蔽地洞，而且能用来埋葬进攻者。这类事我压根就没开头，什么也没做，在这方面什么也没发生，以前我就像个孩子无忧无愁，我做着孩子的游戏度过了壮年，就连考虑那些危险也只是在做游戏，而认认真真地考虑真正的危险却让我忽略了。

以前也并非没有警告。

十二

然而从前发生的事从未严重到现在这种地步，不过在修筑地洞最初的日子里，倒是常常发生类似的事。主要区别恰恰就在于，那是修筑地洞最初的日子……那时我真还是个小学徒，正在修第一个通道，迷宫才刚有个大体上的设计，我已打出了一个小窝，但在规模上和洞壁的处理上它却完全失败了。简单地说，开始时的一切都只能作为尝试，只能作为一旦失去耐心就能不太惋惜地突然弃之不管的东西。当时发生了这么件事：有一次，在干活休息时——我这一辈子干活时总是休息过多——我躺在土堆之间，突然听到远处有一种声音。

像我当时那么年轻，它让我感到害怕，更让我感到好奇，我停下手里的活仔细地听了起来，我无论如何也要听，也不上到地衣下面伸展一下身子，还非得听。至少我在仔细地听。我能相当清楚地辨别出那是打洞的声音，就和我也在打洞一样，也许声音要弱一些，不过距离有多远就不得而知了。我心情紧张，另外也沉着冷静。大概我到了人家的洞里，我想，洞主人此时正打着洞奔我而来。如果这种假设的正确性得到证实，那我就会离开此地到别处去修洞，因为我从来就没有占领欲，或者说我从不好斗。

不过当然啦，我那时还年轻，还没有洞，还能保持沉着冷静。即使那件事后来的过程也没使我特别不安，只是不太容易说清它。如果在那边打洞的家伙的确是奔我这边而来，那就是因为他听见了我打洞的声音，如果他改变了方向——现在实际情况正是如此——那就是因为我干活时一休息他就失掉了目标，或者还不如说，是因为他改变了自己的意图，不过还不能确定他是否改变了方向。

但也许是我完全弄错了，他的方向从未正对着我，不管怎么说那声音在一段时间内还增强了，好像是越来越近。当时我还年轻，如果我看见那个打洞的家伙突然从土里冒出来，大概绝不会不满，不过没有发生这种事。也不知从哪一刻起，打洞的声音开始弱下来，越来越低，好像他渐渐改变了当初的方向，随后那声音戛然而止，似乎此时他选定了完全相反的方向，直接离开我这里到远处去了。我在寂静中还听了他好长时间，这才又开始干活。是呀，这次警告可是够清楚的，可我很快就把它忘在了脑后，它对我的修洞规划几乎毫无影响。

从那时到现在是我的中年时代。不过是否这期间什么也不是呢？干活时我还总要休息很长时间，我在洞壁边听着，打洞的那个家伙最近改变了自己的意图，又掉过了头，他逛了一圈又回来了，他准会认为，他留给我的这段时间足够我做迎接他的准备。可我这方面的一切准备还不如那时，偌大的地洞摆在那里毫无防御能力，我已不是小学徒，而是个老匠师了，我现有的力量一到需要做出决定时就不听我的使唤，但无论岁数有多大我都觉得，我真希望我比实际岁数还大，大得我再也无力从地衣下这栖息地站起身来。

事实上我在这里再也忍受不下去了，我站起身飞快地跑下去回到家里，仿佛我在这里找到的不是清静，而是一肚子新的忧虑。——那些事最后怎么样了？那嘶嘶声已经减弱了吧？不对，它更大了。我随便找了十个地方听了听，发现这明显是个错觉，那嘶嘶声一如既往，毫无变化。那边没有发生任何变化，那边的家伙沉着冷静，不在乎时间，但这里的每一刻都震撼着倾听的我。我又要走好长一段路回堡垒，我觉得四周的一切都显得不安，似乎一切都盯着我看，但随即又将目光移向别处，以免打扰了我，但又拼命想从我的神态中看出救生的决定。我摇着头，我什么决定也没有。我去堡垒也不是实施什么计划。

十三

我从本想在那里打研究洞的地方经过，我又将它审视了一遍，这本是个好地点，就该沿着这个方向挖，即大部分小通风道所在的方向，这些通风道将在很大程度上减轻我的劳动，也许我根本不用挖很远，也许我根本不用挖到那声音的源地，也许贴在通风道上仔细一听就足够了。然而这些想法并未强烈到足以鼓励我去打这个洞的地步。打这个洞会给我带来信心吗？我已经到了根本不愿有信心的地步。我在堡垒里挑出一大块剥了皮的红肉，带着它躲进一个土堆，如果说这里还有寂静的话，那寂静绝对在那里。我在那块肉上舔着吃着，一会儿想象着那个陌生的动物正在远处给自己开着路，一会儿又想，只要还有可能我就该尽情享用我的储备。

后者可能是我已制定出来的唯一能够实施的计划。另外，我还想猜测一下那个动物的计划。他是在漫游还是在修自己的洞？如果是在漫游，那与他达成谅解也许还有可能。如果他真把洞一路打到我这里，那我就把我的储备给他一些，他也就走了。是的，他会走的。在我这土堆里，我当然什么梦都可以做，也可以做做谅解的梦，尽管我清楚地知道不会有这样的事，只要我们看到对方，甚至只要预感到对方就在附近，我们马上就会失去理智，马上就会感到另一种新的饥饿，尽管我们先前已吃得饱饱的，我们谁也不会提前，谁也不会拉后，同时朝对方咧开牙齿，亮出利爪。

即使这样也完全是合情合理的，因为面对这个地洞，谁能不改变自己的旅行计划——即使他正在漫游——和未来的规划呢？但也许这只动物是在他自己的洞中打洞，那我就连谅解的梦都不用做了。即使它是个特殊的动物，即使他的洞能容忍一个邻居，我的洞也不能容忍，至少不会容忍一个听得见的邻居。当然现在那只动物好像离得还很远，只要他再往回退一点点儿，这声音大概就消失了，随后可能一切都将和往昔一样美好，那这就只是一次凶险的经历，但也是一次大有收益的经历，它将促使我进行各种各样的改造。我若沉着冷静，那危险若没有直接的威胁，那我绝对能干出各种漂亮的活。

那只动物劳动能力那么强似乎应有众多的可能性，也许他会因此放弃朝我家的方向扩建他的地洞，并在另一个方向得到补偿。当然这不可能通过谈判来实现，只能通过那只动物自己的理智，或是通过我这一方施加的压力。在这两种情况下起决定作用的都是，这只动物是否知道我的情况以及知道些什么。我在这方面考虑得越多，我就越是觉得这只动物不可能听到我的声音。

可能是这样，他曾听到过关于我的什么消息，但他大概没听到我的声音，尽管这对我来说是无法想象的。只要我对他一无所知，他就根本不可能听到我的声音，因为我一直保持着寂静，有什么会比重见地洞更加寂静。那就是在我试探着打洞时，他也许能听见我的声音，尽管我打洞的方式发出的噪声很少。不过他若听到了我的声音，我肯定会有所察觉，他至少得放下活仔细地听。——然而一切如故……

骑手的沉思

事实上这也没有什么，不过，如果想想，在骑手竞赛中，跑个冠军倒是很有诱惑力的，作为全国最好的骑手，得到承认时，乐队进行演奏，这时荣誉达到了顶峰，以致第二天要为之追悔。

对手、阴谋家和相当有影响的人物，这些人的嫉妒使我们在欢迎拥挤的庆贺队伍中感到心痛，我们骑马通过队伍朝着一马平川之地进发，这块平地很快就空荡荡的了，只有几个超前的骑手正在向天边疾驰。我们的一些朋友急着取出彩票，他们从远远的窗口得意地向我们发出欢呼的叫喊，不过，我们那些最好的朋友不将赌注押在我们的马上。因为他们担心，押在我们的马上可能遭到损失，他们就会生我们的气，然而我们的马跑了个第一。而他们什么也没有赢到，当我们过来时，他们转过身子，这时我们最好朝看台望去。

参加竞赛的人往回走，牢牢地坐在马鞍上，试图看看他们遇到的不幸和竞赛中不公平的事情，无论如何，他们是受到了不公平的对待。他们具有活泼的外表，好像刚才不过是一场儿童游戏，必然要开始一幕新的骑手竞赛。

胜利者对太太们微笑，因为他自负。他确实不善于那些无休止的握手敬礼鞠躬和向远处致意。失败者则闭着双唇，漫不经心地拍打着他们大部分正在嘶鸣的马的颈脖。

终于，变得阴暗的天空开始下雨了。

苦难的开始

　　众所周知，在马戏场舞台上飞来荡去的空中飞人技艺是所有技艺中人们最难掌握的一门。只要空中飞人在马戏班子里谋生，他总是这样设计自己的生活：昼夜呆在高挂在空中的秋千架上，起先是为了追求技艺的完美，后来则是出于专横的习惯。他的一切生活需求（顺便提一下，都是些微不足道的需求）是由底下轮班的勤杂人员满足的。他们守在秋千下，不停地把上边所需的东西用特制的容器递上拉下。空中飞人的这种生活方式给周围的环境并未带来特别的困难，只是对其他节目在演出期间有点干扰。尽管他在别人演出时静静地呆着，却还是由于高空秋千架上无处藏身而不时招来观众的目光。然而马戏团的头儿们都能原谅他，因为他是一个出色的不可替代的艺术家。大家当然也看得出来，空中飞人如此生活并非不怀好意，而是使自己始终处于训练状态。只有这样，他才能使自己的技艺尽善尽美。

另外，呆在高空秋千架上也有益于健康。当温暖季节来临，打开拱顶四周的窗子，阳光连同新鲜空气强烈地射进暮气沉沉的剧场，这时，呆在秋千上面甚至感觉很美。当然，这种生活方式限制了空中飞人与人们的交往。只是有时某位同事顺着绳梯爬上来，那么他俩就坐在高空秋千架上，一左一右靠在秋千绳子上聊起天来；或者某个时候建筑工人上来修理房顶，他们通过敞开的窗子和他闲谈几句；再者就是消防队员在检查顶层楼座的应急照明设备时毕恭毕敬地朝他喊上几句模糊不清的话。除此之外，他周围寂静冷清。偶尔，某个职员下午时分误进了空荡荡的马戏场，凝视着视线几乎不可及的高空，看着他练习技能或者休息，然而空中飞人却不知道有人在观察自己。

假如没有那些不可避免的东奔西跑的巡回演出，那么空中飞人似乎就可以这样不受干扰地生活，而旅行恰恰是空中飞人最讨厌的事。演出经理不惜操劳，尽量为他排除一切多余的延长他痛苦的因素：在市内他们开着赛车，在夜里或一大清早穿过空无一人的街道以最快的速度行驶。尽管如此，空中飞人还是觉得速度太慢。在火车里，他们包了整节车厢，让空中飞人在行李网架上度过行车时间。虽然行李网架作为他平常生活方式的代用品难免有些寒酸，但它毕竟也算是一件凑合的东西。在下一个演出地点，高空秋千在空中飞人到来之前早已在马戏场里准备就绪，通往马戏场的所有大门全部敞开，各条通道畅通无阻。当空中飞人脚踏绳梯，眨眼工夫终于又出现在高空秋千上时，这对于演出经理来说总是他一生中最为赏心悦目的时刻。

虽然一连串的此类旅行都使得经理获得满足，但是每一次新的旅行又给他带来痛苦，因为一次次旅行（撇开别的不谈）对空中飞人的神经系统无疑都意味着毁灭性的打击。

就这样，他们又一次一块儿上路了。空中飞人躺在行李网架上进入了梦乡，经理靠在对面的窗脚埋头看书。过了一会儿，空中飞人开始和他低声说话，经理马上凑过来听候吩咐。空中飞人咬着嘴唇说，迄今为止他只有一副高空秋千，为了他的空中飞人运动，他现在一定要有两副高空秋千，两副秋千要相互对应。经理立即表示同意。但是空中飞人却又说，从现在起，他绝对不在一架高空秋千上作空中飞人表演，他那股劲儿似乎想表示，经理在这里的赞同毫无意义，倒有点抗议的味道。他一想到说不定还会发生在一架秋千上表演的事就感到浑身发抖。经理犹豫片刻，仔细看了看他，又一次表示了他百分之百的赞同，两副秋千确实要比一副好得多。此外，这种新颖设计的优越性在于它会使演出变得更加丰富多彩。这时，空中飞人突然哭了起来。经理大吃一惊，一跃而起，问他到底发生了什么事，空中飞人沉默不语。经理站在座位上，抚摸空中飞人并且把脸贴在他的面颊上，以至于自己的脸也被泪水弄得湿淋淋的。经理问了半天，又说了一大堆奉承的话，这时，空中飞人才啜泣地说："手里只有一根秋千棒子——我这样怎么能生活呢？"经理于是松了口气，他安慰空中飞人说，等到了前面一站，他马上给下一个演出地拍电报。接着，他不停地自责，自己怎么能在如此长的时间里让空中飞人只在一副秋千上表演呢？他感谢空中飞人，极力赞扬他终于指出了自己的错误。这样一来，经理成功地使空中飞人逐渐平静下来了，他又坐回到那个角落。然而自己却不得安宁，他的目光越过书本上端，忧心忡忡地悄然注视着空中飞人。如果这些念头开始折磨他，它们会有朝一日完全消失吗？它们难道不会变得越发强烈吗？它们对空中飞人的生存不会构成威胁吗？就像看到他现在停止哭泣，表面平静的睡眠一样，经理确信将会看到，最初的皱纹已经开始在空中飞人孩子般光滑的额头上烙下印记。

大路上的小孩

　　我听到车子从园子栏栅的前面驶过。偶尔，我会从树叶中轻微晃动的空隙里往远处看，看看在这炎热的夏天，马车的轮辐和轩杆是如何嘎嘎作响的。农民陆续从地里回来，他们无遮拦地大声笑着。这可不是多么道德的事情。

　　这所园子是我父母的，现在，我正坐在园子树林中间的秋千架上休息。

　　一会儿的工夫，栏栅外的活动就停止了，追逐着的小孩也跟着过去了，粮车上载着男人们和女人们，他们坐在禾把上，把花坛都遮住了。

临近傍晚，我看到一位先生拄着手杖在慢慢散步，有两个姑娘手挽着手，迎着他走上去，她们一边朝他礼貌地打招呼，一边拐向一旁的草丛。

然后，我看到鸟儿像喷射出来似的飞腾，我的目光跟随着它们，看着它们是怎样在眨眼之间升空的，我的目光就那么一直跟着它们，直到我再也感觉不出它们在飞，而是我自己在往下坠。出于一种热爱，我紧紧地抓住秋千的绳子开始轻轻地摇荡起来。过了一会儿，我摇晃的幅度变得大了也激烈了一些。这时，晚风吹来，让人颇感凉意，这下，天空中已不见了飞翔的鸟儿，取而代之的是闪动的星星。

我正在烛光下用晚餐。在用餐的时候，我通常会把我的两只胳膊搁在木板上，享用着我的黄油面包，因为这时我已经累了。破得已经很厉害的窗帘被风吹得鼓胀起来，外面有人从我的窗前路过，间或两手紧抓着帘子仔细端详我一番，还要再和我说上几句无关要紧的话。蜡烛经常是很快就熄灭了，在黑暗的蜡烛烟雾中，聚集的蚊蝇正要兜一阵圈子。有一个人在窗外问我什么，所以我看着他，我好像在看着一座山或看着纯净的微风，也没有许多要回答他的。

有一个人来到窗户前进行通报，而另外的人好像已经到了房前，我自然站起来，叹息着。刚才问我话的人又说话了："不行，你为什么这样叹息？到底发生了什么事，有什么特殊情况吗？有什么倒霉的事吗？我们不能暂且休息一下么？一切都完了么？"

什么也没有完，我们跑到房前。

"你老是迟到。"

"怎么说老是我。"

"就是你，你不愿意跟我们一起的时候，就这么待在家里。"

"缺德。"

"什么？缺德！你说什么？"

这个晚上我们就这样头顶头地干起来了，打得是昏天暗地。很快，我们背心上的纽扣开始互相摩擦，就像牙齿上下碰撞；一会儿我们又互相追逐，彼此间距离总是差不多；我们的身体冒着热气，就像热带的动物一样。接着，我们又像古代战争中的胸甲骑士一样跺着脚、昂着头，继续向小胡同下面进军。后来，我们又以这种攻击姿势继续向大路上挺进，当然也有个别的人进入街道的沟渠里，但他们并未消失在黑暗的斜坡前，而是像陌生人一样站在上面的田间小道上，居高临下地看着我们。

"你们下来!"

"你们先上来!"

"你们把我们拽下来嘛，别忘了，我们可不愚蠢。"

"你们瞧瞧，你们可是够胆小啊！只管来嘛！来嘛！"

"真的吗？你们？就是你们，要把我们拽下来？你们没瞧瞧自己的那副熊样？"

我们开始攻击，我们被胸脯撞击着，被摔在沟渠草丛里，我们跌倒了，不过这是自愿的，草丛里到处都是一样的暖和，草丛的冷暖我们不知道，我们只觉得累。

我将身子向左侧翻去，把手放在脑袋后面当作枕头，这时我真想睡觉！虽然我想用突出的下颚把自己顶起来，但却滚进了更深的沟里。然后我手臂支撑前面，两腿斜缩，向前扑去，结果又掉进了一个深沟，肯定比前一条沟更深，但我一点也不想停止这种游戏。我真想在最后的一个沟渠里充分地放松自己，躺下来美美地睡上一觉。特别是我的膝盖，我几乎忘记了它。我躺着，我躺着笑了，我的背有毛病。当一个男孩双肘贴着髋部从斜坡越过我的沟渠跳向大路上时，我看看见他墨黑的鞋底，这时，我眨了眨眼。

月亮升得相当高了，一辆邮车在月光下驶过，微风四处轻轻飘起，在壕沟里我也感觉到了。附近的树林里已开始沙沙作响，这时，一个人躺着不怎么觉得孤独。

"你们在哪儿?"

"过来!"

"大家一起来!"

"你躲什么，别胡闹!"

"你们知道邮车过去了吗?"

"没有! 已经过去了吗?"

"当然，在你睡觉的时候，邮车已经过去了。"

"我睡觉了吗? 我可没有睡呀!"

"别吭声，有人看见了。"

"我求求你。"

"过来。"

　　我们紧挨着彼此向前跑着，有的人彼此握手，只是头昂得不够高，因为这是一条下坡路。有人发出印第安人战斗时的呐喊，我们疾速奔跑，速度之快，几乎前所未有。在快跑时风也助了我们一臂之力，这个时候恐怕什么也挡不住我们奔跑的脚步。在超过别人时，我们可以交叉手臂，用一种很是安静的眼神环视周围。

　　我们就这样跑着，一直到了野溪桥我们才停下来了，继续往前跑的人也返回来了。桥下的水冲击着石子和植物的根部，天色还不算太晚，我们之中居然没有人跳到桥的栏杆上去。在远处的灌木丛后驶出一辆火车，所有车厢通明透亮着，我怕敢断定，玻璃窗肯定都打开了。我们中有一个人开始唱起了矿工之歌，我们也都跟着唱。我们唱得比火车前进的节奏要快得多，我们摇晃着手臂，歌声的力度不够，但我们歌声紧迫，并因此而开心。如果有一个人将自己的声音融入并领起其他人的声音，他就如同被鱼咬住一样，大家跟着他唱起来。我们唱近处的森林，唱远方的游子，声声入耳。大人都还在活动，母亲们正在收拾夜晚将要就寝的床铺。

时间到了，我向站在我旁边的人亲了一下，和离我最近的三个人拉了拉手，然后开始回家了。没有人叫我。我拐进了第一个十字路口，之后他们看不见我了。我在田间小路上跑着，又进入了树林。我赶往南边的那座城里，从那个地方进去就到我们村了。

"注意，那儿有人，他们不睡觉。"

"那他们为什么不睡觉呢？"

"因为他们不累啊！"

"他们为什么不累呢？"

"因为他们是傻子啊！"

"傻子如果也累多好啊！"

十一个儿子

我有十一个儿子。

第一个儿子模样丑陋，但做事很认真，头脑也聪颖。可尽管如此，我不是很看重他。当然，我也像爱其他儿子一样爱他，只是在我看来，他的思维方式过于简单，他总跳不出他那种狭隘的思维模式，用另外的话来讲，就是说他总是习惯于在他那狭隘的思维圈子里绕来绕去，不懂得变通。

第二个儿子模样挺漂亮，身材修长，体格也没得说，尤其是他击剑的姿势，简直令人痴迷。他再加之他很聪明，而且生活的经验还很丰富。由于他见多识广，所以哪怕对于家乡的一草一木、自然风光，他都显得比那些整日待在家里足不出户的人更为熟悉、更为亲切。当然，他的这些优势要得益于他经常外出旅游的关系，不过，这绝不是主要原因，更多地还是因为这孩子具有独一无二、别人无法模仿的本领，比如那些想模仿他那个连续翻滚、已达到炉火纯青地步的跳水动作的人都很欣赏他这一特点。那些模仿者顶多走到跳板尽头，之后他们就丧失了勇气、兴趣全无，再也不能完成接下来的动作，然后他们就会一屁股坐在地上，举一举双臂，表示出抱歉的样子。可尽管这个孩子如此优秀，我和他的关系也并不是十分和谐、无可挑剔的（按照常理对于这样的孩子我本应该感到满意才是）。他左眼比右眼略小一些，而且还总是眨巴着。当然这对于这么优秀的他而言只是个小小的缺陷，更甚至这个缺陷使他的脸看起来更为帅气一些。相较他非常孤僻的性格，没有人会觉得他那只小眨巴眼又多么重要了。可我这个做父亲的却非要这么做，当然我这样做的原因并非是他身体上的缺陷令我感到痛苦，关键在于他精神上有一种与此相应的小小的异常、一种已经融入他血液的怪毒、一种只有我才能看到的禀赋他却无法充分发挥的无能。不过我得承认，正是这些令我感到痛苦的存在，才使他成为我真正的儿子，我不能否认，其实他身上存在的这个缺陷也是我们全家的缺陷，只是在他身上表现得更为明显而已。

第三个儿子长得也很漂亮，只是这不是我所喜欢的那种漂亮，他所拥有的是那种歌唱家的漂亮：嘴唇弯弯的、眼神扑朔迷离，脑袋必须用一块帷幕衬托着才能显出他的美，他胸脯总是挺得高高的，双手频繁地举起来又放下，两条腿像是没有筋骨一般忸怩造作。另外他五音不全，对于那些行家他只能迷惑一时令他们有少许的全神贯注，但转眼就会被人家识破这些伎俩。虽然通常情况下我总会按捺不住地想去炫耀这个儿子，但我真实的想法却是更喜欢将他深藏不露。当然，他自己也不愿抛头露面，但这并不是因为他了解自己的缺陷，而是因为他天性如此。他自己也深感与这个时代格格不入所以他经常百无聊赖，好像没有什么能让他打起精神来。

和其他几个儿子相比，我的第四个儿子可能更为随和一些。他是一个十足的时代产儿，人人都理解他。他站在公众场合的时候，每个人都想向他点头致意。或许就是这种普遍的赞许，导致他的性格有点放荡不羁，行为无拘无束，言论张扬、无所顾忌。他的某些语录常常让人们百说不厌、津津乐道，当然，仅仅是某些，因为总的来说，给他带来一些不好影响的也是他的过度随便。他就像一个人，下跳动作优美动人，可以像燕子一样在天空中飞翔，但却逃脱不了在荒漠之中可悲地了却残生的命运。所以，在我眼里，他是一个微不足道的人，就是这种思想令我对他有很大的排斥，甚至看都不想再看他一眼。

第五个儿子是个很善良、可爱的家伙，只要是他许诺过的事情就一定会不折不扣地兑现。他看上去稀松平常微不足道，很容易让人产生站在他身边却感到孤独一人似的感觉。不过他倒也赢得了一些声望。如果有人问我这是怎么回事儿，我还真说不出来这其中的缘由。也许清白善良最能冲破世间万物的喧闹，最终脱颖而出，而他恰恰是清白善良的，或许太善良了。他对每个人都格外的友好，我猜想他获得那些声望的原因可能就是因为他太友好了。我承认，如果人们在我面前夸赞他，我会感到很不舒服。这说明，如果表扬像我儿子这样毋庸置疑值得表扬的人，那么表扬也未免太容易了。

和其他几个孩子不太一样的是我的第六个儿子，他性情忧郁，至少给人的第一印象如此。他整天垂头丧气，却又絮絮叨叨，说起废话来没完没了，因此，人们不知道应该怎样对待他才好。如果处于劣势，那么他就会陷入无尽的悲伤之中，无法解脱；处于优势时，他又喋喋不休，企图以这种方式来保持这种优势。不过我并不否认他具有某种忘我的激情。天气晴朗时，他苦思冥想，仿若进入梦境。他并没有病——相反，他健康状况特别好——但有时，尤其在早晨，他会感到阵阵眩晕，不过他并不需要有人帮助，因为他不会跌倒。这种现象可能是由于他身体发育情况引起的，和他的年龄不太相称的是他的个头，他太高了，这使他整体看来不很漂亮，尽管某些部位特别美，比如手和脚。另外，他的前额也不漂亮，皮肤和骨架干瘪瘪的，一点儿都不丰满。

十一个儿子中我更喜欢老七。只是人们不懂得去赞誉他，不理解他那与众不同的幽默感。我这么说并没有极力夸赞他的意思，我知道他微不足道。如果世界不是唯独犯了不赏识他的错误，那么它就依旧完美无缺。说实话，在这个家里，我不能没有这个孩子，他给我既带来不安，又给我带来那种对传统观念所怀有的敬畏，而且至少在我的感觉里，他把这两者融为了一个无懈可击的整体，只是他自己不太懂得怎样去利用这个整体而已。他虽然不会使未来的车轮转动起来，但是他的这种天赋却是如此令人鼓舞，如此充满希望。作为一个父亲，我希望他子孙满堂，薪火相传。遗憾的是我的这一愿望似乎无法实现，只是我是这么看的。对于周围的一些不友善的议论，他总能勇敢地面对，并表现出一种悠然自得神态，对此我虽然可以理解，但却不喜欢。他倒是怀着这种自我满足的心情独来独往，对姑娘从来都是不屑一顾的，可就算这样，他却从没有心情不愉快的时候。

最令我头痛的是我的第八个儿子，但我说不出为什么。他总是像个陌生人似的看着我，但于我而言，却总觉得自己身为他的父亲，理应与他亲密无间、密不可分才是。岁月确实能治愈许多创伤，想想以前，只要想到他，我都会不寒而栗。他走自己的路，断绝了与我的所有联系，况且他生性固执决定的事情是绝不回头的，再加上他身体矮小而健壮，肯定会闯遍所有他所喜欢的地方，（其实他年轻时双腿很弱，不过现在已经长好了。）我经常很想让他回来，问问他究竟怎么啦，问问他为什么如此地疏远自己的父亲，我还想问问他真正想要到底是什么。但是现在，他已经发展成这个样子，这么多时间都已经过去，我们之间的关系也就只好这样了。我听说，他是我的儿子中唯一蓄着大胡子的人，对于他这样一个如此矮小的人而言，是相当不美观的。

我第九个儿子是个风度翩翩的绅士。他天生一双水灵甜蜜的眼睛很讨女人喜欢，有时甚至能把我迷住，虽然我知道，他这表现出来的卓绝的风采仅用一块湿海绵就足以抹去。但这家伙的不寻常之处是他压根没有诱惑人的意图。于他而言，一辈子仰卧在沙发上，目光盯着天花板，他会感到心满意足；或者，闭目养神更是美妙。每当他进入这样的美妙境界时，他的话匣子就算是打开了，而且，他的语言高雅不俗，用词简练，清晰明了。唯一不好的一点是他的话题有些狭隘，仅限于狭小的范围，而他表现欲又很强，这就不可避免地要越出这范围的限制，一旦他超越了自己所擅长的话题，那么他所讲的东西就会空洞无味。但是，如果人们还有一线希望觉得能被他那睡意浓浓的目光注意到，就会示意他就此打住。

　　说到我的第十个儿子，他不太诚实。我不想完全否认这一缺点，当然，也不想完全承认。可以肯定，假如谁看见他带着那种超出他年龄的威严神态走过来，看见他穿着礼服，礼服上的纽扣永远都是扣得紧紧的，戴着一顶陈旧的、经过过分仔细地擦洗过的黑礼帽，看见他一副呆板面孔上微微凸出的下巴，眼皮沉甸甸地耷拉在眼睛上，偶尔还会伸出两个手指摸摸嘴唇——如果谁看见他这样，那么这个人就一定会想，这是一个极其会伪装自己的家伙。不过，还是让我们先听听他是怎样说话的吧！他在讲述一件事情的时候，通常是通俗易懂、措辞谨慎、言简意赅，回答任何问题都是尖刻又生动；他能够以一种惊人的、自然得体的、愉快的状态与整个世界融为一体。这种相融的本领通常会使得听他讲话的人用一种仰视的姿态洗耳恭听。世上有太多人自以为聪明过人，因此会觉得他的外表令人恶心，但另一方面却为他的言辞所深深地吸引。不过现在又有一些人不去理会他的外表，但却觉得他的所说的话是极其伪善的。作为一个父亲，我不想在此取此舍彼。但我必须承认，第二类评论者比第一类评论者不管从那个层面讲都更值得重视。

　　我的最后一个儿子身体很弱，在我众多儿子中他算得上是最体弱的一个。不过他的弱只是一种假象，因为有时候他的表现是很坚强很果断的。但就算在这种时候他的体弱也是某种带有根本性的东西。当然，体弱并不是一个让人感到羞耻的弱点，而只是一种在这个世界上表现为弱点的东西。就像我们说类似起飞状态这种事不算弱点一样。要知道，起飞可是一种摇曳不定、摆动不止的状态呀。我的儿子正是类似这样。当然，他的这些特点是肯定无法令一个父亲愉悦的，因为这些特点在某种程度上是企图毁掉这个家的。有时，他看着我好像要对我说："我要带上你，父亲。"然后我就会忍不住地想："你是我最不相信的一个人。"然后他的目光好像又说："那么我暂且做那个你最不相信的人吧。"

喏，这就是我的十一个儿子。

视察矿井的先生们

今天，一流的工程师们来到我们井下。矿上的领导们下达了一项任务：铺设新坑道。他们此番就是为此进行一些最基本的测量工作。他们看起来是多么的年轻和有个性呵！他们在各方面都得到了充分的自我发展，年纪轻轻就已经无拘无束地表现出鲜明的个性。

其中第一位，头发乌黑，充满活力，双眼观察着一切。

第二位拿着笔记本，边走边记。他这儿观察观察，那儿比较比较，再记录下来。

　　第三位则双手插在上衣口袋里，衣服绷得紧紧的，走起路来身子挺得笔直，保持着一种尊严，只是不时地咬咬嘴唇，暴露出一个急躁的、不受压制的年轻人形象。

　　接下来的这个小伙子不知给第三个解释着什么，而后者似乎并没有请他这么做。他个子比较矮小，紧跟着人家后面跑来跑去。他总是把食指举在空中，像是喋喋不休地向那人报告着这里所看到的一切。

　　不要任何人相陪的这第五位看上去级别最高，时而在前，时而在后，其他人都根据他而调整着自己的步伐。他脸色苍白，身体虚弱，过度的操劳使他眼窝深陷。他思考问题时，经常用手按着额头。

　　第六位和第七位走路时微微弯着腰，头贴着头，手挽着手，亲密地交谈着。倘若这里不是我们的煤矿，倘若不是在我们工作所在的深深的坑道里，人们可能会以为这对瘦骨嶙峋、未留胡须、大鼻头的先生是年轻的神职人员呢。其中一个笑的时候总是像猫一样呼噜呼噜的；另一个也是微微带笑的，说着什么，并用另一只闲着的手做着相应的手势。这两位先生对他们的职位肯定抱有无限的把握，他们虽说年轻，但肯定已经为煤矿做出了很大的贡献，所以他们才可以在这种场合、在如此重要的时候，又当着上司的面，只干自己的事情，或者至少是与眼下工作不相干的事，而且还这样毫无顾忌。莫不是他们在欢声笑语、漫不经心之中已经仔细地看到了所有重要的东西？对于这样的先生，可不敢信口雌黄。

但是另一方面又确实毫无疑问的是，第八个人对工作特别投入，其程度胜过上面两位，甚至胜过其他所有人的总和。所有的东西他都要摸一摸，并用一把小锤敲一敲。他不时地把这把小锤从口袋里拿出来，又装进去。时而，他又不惜弄脏那身漂亮的衣服而跪在脏兮兮的地上，敲敲地面，然后又一边走一边敲敲墙壁或头顶上的坑道顶。有一次他躺在地上，久久地一动也不动，我们以为发生了意外，但后来他灵巧的身体轻轻一跳，又站了起来。原来他又完成了一项检查。我们自以为熟悉我们的煤矿以及矿石，但这位工程师以这种态度在这里不断地研究的东西，却是我们十分陌生的。

第九个人推着一辆童车，里面装着测量仪器。这些仪器特别昂贵，被深深地放在柔软的海绵里。推车这活本来应让勤杂工去干，但又不放心，所以必须由一位工程师来做。大家也看到了，他很乐意。可能他年纪最小，也许对仪器还一窍不通，但他目不转睛地盯着它们，因此，时常险些连车带人撞在墙上。

不过，另一个工程师不离左右地跟着车子，阻止险情的发生。这人显而易见很精通这些仪器，似乎是保管员，车子一边走的时候，他不时地取出仪器的一个部件，瞧一瞧、松一松或紧一紧螺丝、摇晃摇晃、敲打敲打，又贴在耳朵上仔细听听，最后，当车停下来的时候，再把那从远处几乎看不清楚的小物件小心翼翼地放回车里。这个工程师多少有点嗜权，不过都只是受仪器的驱使。一个无声的手势，我们就得在距小车十米之遥的时候给它让开道，尽管有时就根本无道可让。

在这两位先生的后面，跟着一个无所事事的勤杂工。就像工程师们具备渊博的知识一样，理所当然，他们也早已摈弃了一切傲慢。然而，这个勤杂工似乎反而傲气十足，他一只手倒背在后，另一只手抚摸着制服上的镀金纽扣或者精制的帕子，还不时左右点点头，好像我们给他打了招呼而他在回答我们，或者好像他接受了我们的问候，但由于高高在上，无法一一回复。我们当然并没有问候他。不过，看看他那神气，就不能不相信：给煤矿头头们当勤务员一定很了不起。在他身后我们笑了起来，然而即使响了一声炸雷他也不会转一下身，结果弄得我们不知道该不该尊敬他。

今天没干什么活，干扰太大。这样的考察使任何工作的念头化为乌有。这些人消失在黑暗的试用坑道里，其情景令人神往，但不等到他们返回来，我们就该下班了。

煤桶骑士

所有的煤都用尽了；煤桶已经空了；铲子也没有用了；炉子里灰烬散发着丝丝的凉气；屋子里只剩下了严寒；窗外的树在白霜之中僵立着；此时的天空就像是一块银色的盾牌，挡住了所有向它求救的人。

我必须要得到煤！我不能冻死！这是我唯一的念头。我的身后是冰冷的炉子，眼前是冰冷的天空。所以，我现在必须要做的就是快马加鞭地到煤贩子那里去寻求帮助。基于经验，我觉得对于我一般的请求，这个煤贩子一定会充耳不闻，对我麻木不仁。因此，我必须非常清楚地向他表明我的境况：

我连一粒煤渣都没有了，而他对于我来说就像是天空中的太阳。我必须像乞丐一样去获取他的乞怜——当一个乞丐因为饥饿而浑身无力地靠在门槛上奄奄一息的时候，主人家的女厨师通常都会给他喂点残剩的咖啡——煤贩虽然对我的请求很气愤，但他一定会在"救人一命胜造七级浮屠"的戒律光芒的照射下，不得不把一铲煤扔进我的煤桶里。

要怎么去？——这无疑是决定此行借煤成功与否的结果，所以我经过一番深思熟虑之后，决定骑着煤桶去。于是，就像骑士那样，我双手抓住桶把手——一个最简单的辔具，我好不容易地转下了楼梯。不过，到了楼下，我的桶就立马上升起来，了不起，真了不起！那些伏在地下的骆驼，在指挥者的棍棒下晃晃悠悠地站立起来时，也不过如此。

我骑着煤桶以均匀的速度穿过了冰冷的街道，它的高度特别合适，有几次我被升到了二楼那么高，但从来没有下降到门房那么低。我就那么高高漂浮在煤贩的地下室门前，这时的煤贩子正蹲在地下室的一张小桌子旁边写着什么。似乎是为了放掉屋里多余的热气，他还把门敞开着。

"煤店老板！"我急切地喊，我似乎能感觉到我低沉的声音刚一发出就被罩在呼出的哈气中，这声音在严寒中听上去显得十分混浊。"老板，求你给我一点煤吧！你看我的煤桶已经空了，我甚至都能骑在它上面了。你就行行好，我发誓，只要我一有钱，马上就付给你。"

煤贩听完我的话，把手拢在耳朵边，"我没有听错吧?"他带着疑惑的神情转过身问他的妻子，那妇人此时正坐在炉边长凳上织毛衣，煤贩看着妻子再次确认说，"我听得对吗?有一个买主"。

"我什么都没有听到。"妇人说，说完她继续织着毛衣，平静地喘着气，惬意地背靠着炉子取暖。

"噢，是的，"我殷切地喊道，"是我，是你们的一个老主顾，我向来忠诚老实，只是眼下确实没有法子了。"

"老婆，"煤贩子说，"是有一个人在说话，我不会弄错的；一个老主顾，肯定是一个老主顾，所以说话才这么中听。"

"你这是怎么了，老头子，"妇人把手里织着的毛衣贴在胸脯上，停顿了一下，接着说："这里一个人也没有，街道是空的，我们给所有的顾客都供了煤，现在我们可以把煤店关几天们休息一下子。"

"可我呢，我还在这儿，正坐在煤桶上。"我着急地喊着，没有知觉的眼泪冷冰冰的溢出来，模糊了我的双眼，"恳请你们向上面看一眼，你们会马上发现我的，我只求你们给我一铲煤，如果你们能给我两铲，我一定会高兴得发疯的。其他的顾客你们确实都关照了，但还有我呢，啊，但愿我能听到煤在桶里发出的格格的滚动声。"

"我来了，"煤贩子说着便站起身来迈起他的短腿踏上了地下室的台阶，可那妇人却抢先一步站在他面前，紧紧抓住他的胳膊说："你就在这里待着吧，如果你坚持要上去的话，那就让我上去吧。想想你夜里吓人的咳嗽声，唉，为了这么一桩生意，况且还是你臆想出来的生意，你就忘了老婆孩子，也不想要你的肺了。既然这样，就让我去吧。"

"那你告诉他我们仓库中所有煤的种类，至于价格我在后面给你报就好。"

"好吧。"妇人说完，便踏着楼梯来到了街道上。当然她马上就看到了我。

"老板娘，"我喊道，"衷心地问你好。我只要一铲煤，一铲最差的煤就好，就放在我这个桶里，我自己把它拉回去，当然，我一定要如数付钱的，只是现在还不行，现在不行。""现在不行"这几个字就像一声钟响，它又刚好和附近教堂塔尖上传来的晚钟声混合在一起，几乎可以让人分辨不清。

"他想要点什么?"煤贩在下面问道。

"什么都不要，"妇人向下面大声喊，"外面什么都没有，我什么都没有看见，什么都没有听见，除了 6 点的钟响。所以，我们还是关门吧，天太冷了，或许明天我们又有得忙了。"

她什么也没有听到，什么也没有看到，但她却急着解下她的围裙，试图用它把我赶走。遗憾的是她成功了。我的煤桶拥有着其他骑乘动物的一切优点；它没有反抗力，它太轻了，一个妇人的围裙就足以把它从地上赶走。

"你这个恶魔，"当那个妇人用一副半是蔑视，半是得意的神情在空中挥动着手转身回店时，我回头喊着，"你这个恶魔！我求你给一铲最差的煤你都不愿意。"于是，我能做的只有爬上冰山，让自己永远消失。

中国长城的建造

中国的长城是在它最靠北的地方竣工的。这项工程分别从东南和西南开始，最后交汇在这里。其中，在东西两路的筑墙大军中，又在更小的范围里实行这种分段修筑的方法，于是乎，修筑城墙的人就被分成一个个二十人左右的小队，而每个小队负责修筑的部分约为五百米，然后和这个小队相邻的小队再朝他们修筑同样长的一段。不过当这两段连通之后，却并没有接着这一千米的一端继续往下修，更确切地说，这两个小队完成这段任务后又被派往完全不同的地区去修筑长城了。

采用这种方法自然避免不了会有许多大豁口。这些豁口是在后来的修筑过程中逐步缓慢地填补起来的，有些甚至到长城宣布竣工之后才填补上。不过据说有些豁口一直都未被堵上，虽然这是一种大概只能在围绕这项工程而产生的众多传说中见到的看法，但由于这项工程规模太大，靠自己的眼睛和自己的标准是无法核实这些传说的，至少单个的人做不到。

刚开始的时候人们认为，无论从哪种意义上说，连起来修，至少两大部分各自连起来修是更为有利的。谁都在说，谁都知道，修筑长城是出于抵御北方各族的考虑。但是一道未连起来修筑的长城又该如何进行抵御呢。显然是不能的，一道这样的长城不仅无法抵御，而且建筑本身也总是处在危机之中。那些处在荒凉地区的一段段城墙由于无人看管，很易遭受游牧民族的一再破坏，因为修筑长城本身已经让他们受到了惊吓，迫使他们像蝗虫一样飞快地变换着居住地，所以他们大概比我们修筑者更能了解整体的情况。

当然，就算如此，这个工程的实施能采用的大概只能是这种实际采用的方法。如果要理解这些就必须这样考虑：这座长城应该成为几个世纪的屏障；绝对认真的修筑，利用各朝各代和各个民族的建筑智慧，以及修筑的人持之以恒的个人责任感，这都是修造长城必不可少的先决条件。那些粗

活虽然可以使用一些无知的民夫，男的、女的、少的，这些
人都是为了挣大钱而选择这份工作的，但指挥这些民夫的人
则应该是个有头脑、受过建筑业教育的人，应该是个能从心
底体会出这件事意义为何的人。要求越高，成效就越高。事
实上，虽然当时这种人才的数量满足不了工程所需，但总体
上也十分可观。

不过在当时来说，建筑长城的动工并不轻率。在这项工
程开工前五十年，在差不多已经用墙圈起来的整个中国，建
筑技术，特别是泥瓦手艺就已经被宣布为最重要的科学，而
其他各业仅仅在与其有关联时才能获得承认。我还十分清楚
地记得，在我还是个孩子的时候，我和跟我一样大小的孩子
们的小腿刚能立稳，就站在先生的小花园里，那时我们得用
卵石砌起一种墙。墙砌完后当先生撩起他的长衫撞向那堵墙
时，结果可想而知，它全倒塌了。于是先生训斥我们砌得不
牢，吓得我们哭着叫着四下跑开去找自己的父母。这虽然是
一桩小事，但却非常典型地反映出那个时代的精神。

我很幸运，当我二十岁完成了初等学校的最高级考试时，
正好赶上长城开工。我所说幸运，主要是因为有许多人早已
完成他们所能享受的学业，但很多年中却没有用武之地，他
们胸藏宏伟的建筑构想，但却在徒劳的四处奔波中，大批地
潦倒了。不过那些最后终于成为工程领导者的——尽管属于

最低等级——来从事这项工程的人，事实上是完全可以担当此任的。他们是对这项工程进行过许多思考而且还在继续思考的泥瓦匠人，自打第一块基石埋入土中，他们就感到已与这项工程融为一体。

当然，除了渴望能够从事最基础的工作，驱使这些泥瓦匠人的还有迫不及待地想看到工程最终完美竣工的心情。当然，民夫是完全没有这种心情的，能够驱使他们完成这份工作的只有工钱。至于高层领导者，甚至中层领导者，为了保持精神方面的强大，他们是最讨厌工程多方展开的。但是对那些地位较低、才华还没有完全施展的人，他们则必须采取别的措施，例如不能让他们一连数月、甚至数年在离家千里的荒山野岭一块又一块地砌墙砖，这种辛勤的劳动可能干一辈子也没什么结果，至少对他们而言是如此。如果他们对这项工作失望就会使他们丧失信心，最重要的是会使他们在工作中愈加失去作用。基于此，人们选择了分段修筑的方法。五百米大约用五年的时间就可完成，此时这些小头目自然已是筋疲力尽，对自己、对工程、甚至对世界都失去了信心。所以当他们还在为一千米城墙连通典礼而欢欣鼓舞的时候，随即就又给派往很远很远的地方。在他们赴任的旅途中，他们不时看到一段段竣工的城墙巍峨耸立，在经过上司的驻扎地时，他们得到颁发的勋章，耳中听到的是新从内地涌来的筑墙大军的欢呼声，眼中看到的是为做手脚架而伐倒的森林，一座座石山被敲成了城砖，在各个圣地还能听到虔诚的人们祈求工程竣工的歌声。这一切的一切都缓和了他们焦急的心情。

当他们在家乡过了一段平静的乡村生活之后，他们会变得更加健壮。修筑长城的人享有的声誉，人们听他们讲述修长城时的虔诚和敬意，沉默的普通老百姓对长城终将完工的信心，这一切又将他们的心弦绷紧了。他们像永远怀着希望的孩子一样告别了家乡，告别了亲人，一种再次为民族大业尽力的欲望变得无法抑制。他们甚至还没等到原本该他们出发的时间就从家里出来，半个村子的人一直把他们送出好远好远。几乎每条路上都能看见一队队人，一面面角旗，一面面彩旗，他们从未发现，自己的国家这么辽阔，这么富裕，这么美丽，这么可爱。每个农人都是兄弟，他要为他们的兄弟筑起一道屏障，为此他将用他的一切感激一辈子。多么和谐！多么一致！每一个人都胸贴着胸，就像是一种民间轮舞，血液不再被禁锢在可怜的体内循环之中，而是在无边无际的中国甜蜜地往复流淌。

所以，通过这些，分段修筑的方法就变得容易理解了，不过它大概还有种种其他原因。我在这个问题上停留了这么长时间并不奇怪，它是整个长城工程的核心问题，它暂时好像不那么重要。我要介绍的是那个时代的思想和经历，并且企图让人们能够更加理解它们，但是这我恰恰是无法深入探究的问题。

人们大概首先得告诉自己，那时取得了许多成就，它们仅略略逊色于巴别塔的建造，但是在虔诚方面，它们简直就是那项建筑的对立面，至少按照人的打算是这样的。我之所以提起这些，是因为在长城工程开始时，有位学者写了一本书，书中十分详细地对这两者进行了比较。他在书中试图证明，巴别塔的建造之所以没有达到目的绝不是因为众人所说的那些原因，或者说，至少最为重要的原因不在众所周知的原因之列。他不仅写文章和报道进行证明，而且还想亲自去实地调查，同时他还认为，那项工程失败的根本原因就是根基不牢，而且肯定是根基不牢造成的这一失败。然而在这个方面，我们这个时代已经远远超过了那个早已逝去的时代。现在几乎每个受过教育的人都是专业泥瓦匠人，在地基问题上都有精确的判断。但是这位学者根本没有说到这些，他表示，长城在人类历史上将第一次为新的巴别塔打下坚实的基础。他的意思显而易见，也就是说，先筑长城后造塔。这本书在当时很是风靡，几乎人手一册，不过说实话，直到今天我还没完全弄明白，他怎么想象出了这座塔。长城并没构成一个圆，而是只构成四分之一或半个圆，难道它能作为一座塔的基础？这只能说明他智力方面的平庸。然而作为一种实实在在存在于这个世界上的长城，确实让人们付出了无数艰辛和生命这样的一个结果它到底是为了什么？为什么在这部著作里要描绘那座塔的规划，虽然那只是一种模糊缥缈的规划，为什么要为在这项新的大业中如何统一协调民族的力量提出种种具体建议呢？

当然，这本书仅仅是一个例子，当时人们的思维是极为混乱的，也许这就是因为许多人企图尽量聚向一个目标。人的天性从其根本上来说是脱离于现实的，就像飞扬的尘土的天性，它不受任何束缚。如果受到束缚，那它必定会立刻疯狂地挣扎摇晃，以此来挣脱束缚它的东西，甚至不惜将围墙、锁链连同他自己统统摇得飞向四面八方。

在确定分段修筑时，领导阶层可能并非没有重视与修筑长城截然相反的考虑。我们——在这里恐怕我是以很多人的名义这样说，其实我们是在抄写诏书时才互相认识的，而且我们发现，如果没有最高高层领导们，无论是我们的书本知识，还是我们的见识，都不足以应付我们在这伟大的整体中担负的那点小小的职责。在高层领导们的密室里——它位于何处以及里面坐着谁，我问过的人谁也不知道，直到现在仍然没有人知道。大概人的所有想法和愿望都在那间密室里盘旋，而人的所有目标和愿望都在反向盘旋。透过窗户，神界的余晖洒落在高层领导们描绘各种规划的手上。

　　全线同时修筑长城，面临着许多困难，高层领导们就是真想克服也无力克服，这种说法有主见的观察者是不会接受的。这么一来就有了这样的推断，就是说高层领导们故意实行分段修筑。然而分段修筑仅仅是一种权宜之计，是不合适的。于是就有了这种推断：高层领导们要的就是这样的不合适。——好奇特的推断！毫无疑问，就算从另一方面看它也有一些自身的合理性。今天说这些大概毫无危险了。当时有许多人暗暗遵循着一条准则，甚至连最杰出的人也不例外，这就是设法尽全力去理解高层领导们的指令，不过只能达到某种界限，随后就得停止思考。一个十分理智的准则，它在后来经常提起的一个比喻中又得到了进一步的阐释：并非因为可能会危及于你，才让你停止思考，不能完全肯定就会危及于你。在这里简直就既不能说会危及，也不能说不会危及。你的命运将与春天的河流一样。它水位上升，更加势壮威大，在其漫长的河岸边更加接近陆地，保持着自己的本性直到汇入大海，它与大海更加相像，更受大海的欢迎。——对高层领导们的指令的思考就到此为止。——然而那条河后来漫出了自己的堤岸，没了轮廓和体形，放慢了向下游流淌的速度，企图违背自己的使命，在内陆形成一个个小海，它毁掉了农田草地，但却无法长久保持这种扩展的势头，只好又汇入自己的河道，到了炎热的季节甚至悲惨地涸干。——对高层领导们的指令可别思考到这种程度。

或许是这个比喻用在修筑长城期间特别恰当，但对我现在的报导的影响至少是十分有限。我的调查只是一种历史调查。已经消散的雷雨云不会再喷射闪电，因此我可以去寻找一种对分段修筑的解释，它要比人们当时所满足的解释更进一步。我的思维能力给我划定的范围是很难狭窄的，好在它能纵横驰骋的区域却是没有边际的。

那么长城该用来防御谁呢？很显然，是为了防御北方诸族。我来自中国东南部。没有一个北方民族能对我们构成威胁。关于他们我们都是在古人写的书中读到的，他们出于本性犯下的暴行害得我们的在宁静的亭子里长吁短叹。在艺术家们一幅幅写实画里，我们看到了那些该罚入地狱的面孔，咧开的嘴巴，插着尖牙利齿的下巴，闭拢的眼睛，似乎特别眼馋将被嘴巴咬碎嚼烂的猎物。如果小孩子调皮捣蛋，只要把这些画拿给他们一看，他们就会哭着扑过来搂住我们的脖子。关于这些北方国家，我们知道的也就这么多。我们从未见过他们，呆在自己的村子里，我们永远也见不到他们，即使他们跨上烈马笔直朝我们奔来，——国土太大了，他们到不了我们这里，他们将永远留在空中。

　　既然如此，我们为什么要离开家乡，离开这条河这些桥，离开父母，离开啼哭的妻子和自己尚未懂事的孩子，前往遥远的城市求取学业，我们为什么还要想着北方的长城？为什么？我们应该去问问高层领导们。他们了解我们。总在考虑忧心的大事的高层领导们知道我们的事，清楚我们这小小的手艺，他们知道我们全坐在这些低矮的棚屋里，傍晚父亲当着家人做的祈祷他们或许满意，或许不满意。如果允许我这样想高层领导们的话，那我就得说，按照我的观点，这个高层领导们从很早以前就已经存在了，但是他们却不碰头，大概是受被清晨的一个美梦的刺激，朝臣们急急忙忙召开了一次会议，急急忙忙作出决定，到晚上就叫人击鼓将百姓从床上召集起来解释种种决定，尽管那无非就是为了办一次祭神灯会，那神昨天曾向这些先生显示过吉兆，可到第二天街灯刚刚熄灭，他们就在一个昏暗的角落里被痛打了一顿。其实这个高层领导们可能一直存在着，修筑长城的决定也一样。无辜的皇上以为是他下诏修筑的长城。我们修过长城的人知道不是这根本就不是那么回事，但是我们沉默着。

　　从修筑长城一直到今天，我几乎一直单攻比较世界史——有些问题只有这种方法才能在一定程度上触到它们的神经——我在研究中发现，我们中国人对某些民众和国家的机构无比清楚，而对其他机构又无比模糊。探寻这些原因，尤其是探寻后一现象曾一直吸引着我，如今也一直吸引着我，而这些问题就涉及长城的修筑。

　　至少皇室就属于我们最不清楚的机构之一。当然在北京，或者说在宫廷侍臣中，对它还清楚一点，虽然这种清楚虚假大于真实。就连高等学府的国家法教师和历史教师也装作对这些事了如指掌，装作能将了解的情况介绍给大学生。学校的等级越低，对自己的知识当然就越不疑心，而浅薄的教育则围着少数几个数百年一成不变的定理掀起铺天盖地的巨浪，它们虽然不失为永恒的真理，但在这种云天雾海中恐怕永远也分辨不出来。

　　不过根据我的看法，关于皇室的问题该去问问百姓，因为百姓是皇室最终的支柱。当然在这里我又是只能说说我的故乡。除了各位农神以及全年对他们丰富多彩、非常出色的祭祀活动，我们脑子里装的只有皇上，但不是当朝皇上。其实，如果我们了解当朝皇上，或是知道他某些具体的情况，我们脑子里就会装着他。当然我们总想得知这方面的什么事，这是我们仅有的好奇心，然而说起来是那么离奇，要了解到什么几乎是不可能的，在游历众多的朝圣者那里了解不到，从远远近近的村子里了解不到，在不仅在我们的小河里行过船、而且闯过大江大河的船夫那里也了解不到。虽然听到的很多，但从中什么也推断不出。

　　我们国家是这样的辽阔，任何一个童话也出不了它的国境，上天也才刚刚罩住了它……北京只不过是一个点儿，而皇宫也不过是一个点上的又一个小点儿。不过皇帝却反而大得充满这世界的每一层。可当今皇上和我们一样也是人，他像我们一样也要躺在一张床上，那床虽然量时绰绰有余，但可能还是又短又窄。和我们一样，他有时也伸伸胳膊展展腿，十分困倦时就用他那细嫩的嘴打打呵欠。可这些我们怎么会知道，在几千里之外的南方，我们几乎处在西藏高原的边缘。另外，就算每个消息都能传到我们这里，不过到那时已经太晚了，早就过时了。皇上周围总是围着一大批显赫却难以看透的朝臣——臣仆和朋友的衣服里面包裹的都是恶毒和敌意，他们是帝制的平衡体，他们内心想的总是如何用毒箭把皇帝射下称盘类的主意。当然，帝制是不朽的，但各个皇帝最后却会跌倒垮台，就算是整个王朝也是一样的，它们最终也会倒在地上，咕噜一声便断了气。

　　只是，关于这些争斗和苦楚百姓永远不会知道，他们就像迟到的外地人，站在人头攒动的小巷的巷尾，静静地吃着带来的干粮，而前面远处的集市广场中央，正在行刑处决他们的主人。曾经有个这样一个传说，它清楚地反映出了这种关系。皇上，故事就是这么讲的，给你，给你个人，给你这可怜的臣仆，给你这在皇上的光芒四射下逃之夭夭的影子，皇帝临终前躺在床上偏偏给你下了一道诏。他让传诏人跪在床边，对着他的耳朵低声下了诏。他非常重视这道诏，所以又让传诏人对着他的耳朵重复了一遍。他点了点头表示这道诏书毫无差错。当着所有目睹皇上驾崩的人———一切障碍统统都会被摧毁，在高大宽阔的露天台阶上，站着一圈圈帝国的大人物——当着这所有人的面，皇上把传诏人打发走了。

于是，负责传诏的人会马上动身。他身强体壮，从不知疲倦为何物，他一会儿伸出这只胳膊，一会儿伸出那只胳膊，在人群中奋力给自己开路。遇到抵抗时，他就指指胸前，那里有太阳的标记，因而他比任何人都更容易往前走。可拥在一起的人是那么多，他们的住地一眼望不到头。如果面前展现出一片空旷的原野，那他就会疾步如飞，你大概很快就会听到他的拳头擂你的门。但事实却并非如此，他的汗水通常会付诸东流。到了最后，他依旧还在内宫的房间内拼命挤着，他将永远也挤不出来。就算他能挤出来，那也没用，他还得奋力挤下台阶。即使挤下台阶，也还没用，还须穿过好几处院落，穿过院落之后又是一座圈起来的宫殿，又是台阶和院落，又是一座宫殿，如此下去得要几千年。当他终于冲出最外面那道宫门时——然而这种事永远永远也不会发生，京城才出现在他面前，这世界的中心处处塞满了高处落下的沉积物。谁也别想从这里挤出，带着遗诏也不行。——然而每当黄昏降临时，你就坐在窗边梦想着那道遗诏。

我们的百姓就是这样看皇上，既那样失望，又是那样满怀希望。他们不知道谁是当朝皇帝，甚至对朝名也心存疑问。学校里依照顺序学着许多这类东西，然而人们在这方面普遍感到疑惑，因而连最好的学生也只能跟着疑惑。早已驾崩的皇上在我们这些村子里正在登基，只在歌中还能听到的那位皇上不久前还颁布了一道诏书，由和尚在祭坛前宣读了它。最古老的历史战役现在才打起来，邻居满脸通红冲进你家送来这个消息。后宫的女人被奢养在锦垫绣枕之中，狡猾的侍从使她们疏远了高尚的品德，变得权欲膨胀，贪得无厌，恣意行乐，一再重新犯下一桩桩罪行。时间过得越久，一切色彩就越是艳丽得可怕。有一次全村人在悲号中得知，几千年前曾有一个皇后大口大口饮过自己丈夫的血。

百姓就是这样对待过去的君主，但又将当朝君主混进死人堆里。有一次，那是某一代的某一次，一个正在省内巡视的皇室官员偶然来到我们村子，他以当朝皇上的名义提了某些要求，核查了税单，听了学校的课，向和尚询问了我们的所作所为，在上轿之前，他对被驱赶过来的村民长篇大论地训诫了一番，将一切又总结了一遍，这时大家的脸上都掠过一阵微笑，你瞟我一眼，我又瞄他一下，接着都低下头看着孩子，免得让那位官员注意自己。怎么回事，大家暗想，他讲死人就跟讲活人一样，可这位皇上早已驾崩，这个朝代也早已覆亡，官员先生是在拿我们开心吧，不过我们装作并未觉察，以免伤了他的面子。可人们只能真正服从当朝君主，因为其他一切都是罪孽。在匆匆离去的官轿后面，某个被从已经坍塌的骨灰坛中挽起的人一跺脚变成了这个村子的主人。

　　同样，我们这里的人通常很少与朝政的变更和当代的战争有什么关联。我还记得少年时代的一件事。一个邻省，虽是邻省但相距却十分遥远，暴发了一场暴动。暴动的原因我想不起来了，而且它们也不重要，那地方每天早晨都会产生暴动的理由。那地方的人情绪激动。有一天，一个游遍那个省的乞丐将一份暴动者的传单带到我父亲家里。当时正好逢节，我们家里宾客满堂。和尚坐在正中间仔细看着这份传单。突然大家哄然而笑，传单在你抢我夺中扯碎了，收受了不少东西的乞丐被一顿棍棒赶出了门，大家四散而去，赶着享受那美好的日子。为什么会这样？邻省的方言与我们的完全不同，这种差异也表现在书面语的某些形式上，对我们来说，这些形式带有古文的味道。和尚还没读完两页，大家都已经做出了判断。老掉牙的东西，早就听说了，早就没搁在心里了。尽管——我记得好像是这样——乞丐的话无可辩驳地证实了那种可怕的生活，可大家却笑着晃着脑袋，一个字也不想听了。我们这里的人就是如此乐意抹杀现在。

如果能从这种现象中推断出，我们的心底根本没有皇上，那就离真实不远了。我得反复地说：也许再也没有比我们南方百姓更忠于皇上的百姓了，不过这种忠诚给皇上也带不来益处。虽然我们村口的小柱子上盘着神圣的龙，有史以来就正对着北京方向崇敬地喷吐着火热的气息，但村里的人觉得北京比来世还要陌生许多。难道真有那么个村子，那里房屋鳞次栉比，布满田野，站在我们的小山上怎么看也看不到，房子之间昼夜都站着摩肩接踵的人，真有那么个村镇吗？对我们来说，想象这样一座城市的模样太难了，还不如就当北京和皇上是一回事，或许就是一片云，一片在太阳底下静静漫步在时间长河中的云。

这些看法的结果就是一种比较自由、无羁无绊的生活，但绝不是不讲道德，我在旅途中几乎从未遇到过像我故乡那种纯真的道德。这是一种不受当今任何法律约束、只遵从由古代延续给我们的训示和告诫的生活。

我得避免一概而论，我并不认为我们省上千个村子的情况都是这样，中国的五百个省就更不用说了。不过也许我可以根据我读过的有关这个题目的文字材料，根据我自己的观察——修筑长城期间人的资料尤为丰富，观察者借此机会可以探索几乎所有省份的人的心灵——根据这一切也许我可以说，各个地区关于皇上的主要看法显示出的基本特征与我家乡的总是一致的。我毫无将这种看法作为一种美德的意思。它主要是由统治集团造成的，在世界上最古老的帝国里，统治集团直到今天也没有能力或忽视了将帝制机构训练得如此清晰，以使其影响力能持续不断地直接到达帝国最远的边境。不过另一方面，百姓的想象力或猜测力欠缺也与此有关，帝制仅在北京是活生生的，只在北京才能让当代人感受到，百姓没有能力将它拉到自己这臣仆的胸前，他们的胸膛除了感受一下这种接触并在这种接触中消亡，再也别无所求。

也许，这种看法并不是一种美德。更为奇特的是，这种欠缺似乎正是我们民族最重要的凝聚剂之一，是的，如果允许表达得更大胆的话，那就是我们生活于其上的这片土地。在这里详细说明一种指责的理由并不是在震撼我们的心灵，而是在摇撼我们的双腿，这更加糟糕。因此对这一问题的研究我暂时不想再搞下去了。

夫妇

　　总体来说，现在的生意十分糟糕，所以只要在办公室能抽得开身，我便时常自己拿着样品袋上门拜访顾客本人。另外，我早就打算去看一看他，以前我和他常有业务联系，但不知到为了什么从去年开始这种联系几乎就中断了。我心里自然也清楚，出现这种障碍肯定没有什么真正的原因，在当下这动荡不定的情况下，在这方面起决定作用的常常是一件微不足道的事或一种情绪，同样，一件微不足道的事，一句毫无意义的话，也能使整体复归正常。不过要见到他稍稍有点儿麻烦。他是位老人，最近一段时间身子很虚，尽管生意上的事还都依然揽在他自己手里，但他几乎不再亲自洽谈任何生意了，所以，要想和他谈事，就必须要到他家去，而这种业务程序大家都想推迟。

不过我不想推迟，所以在昨天傍晚六点过后我还是动身上路了。那时当然已不是拜客的时间，但这件事似乎不应该从社交角度去评判，而应从生意人的角度进行评判。我运气不错，他在家里。在前厅有人告诉我，他和妻子刚刚散步归来，此时他们正在他那卧病在床的儿子的房间里。他们要我也过去。开始的时候我还犹豫，但后来还是那种想尽快结束这令人厌恶的拜访的欲望占了上风。和刚进屋时一样，我穿着大衣，手里拿着帽子和样品包，被他家的下人领着穿过一个黑乎乎的房间，走进一间灯光暗淡的房间，我进去的时候，那里面已聚集着几个人。

也许是本能的缘故，我的目光首先落在一个我再熟悉不过的商务代理人身上，他基本上算是我的竞争对手。照这个情形来看他是在我前面悄悄上来的。他无拘无束地紧挨着病人的床边，好像他就是医生。他穿着他那件漂亮的、敞开的、胀鼓鼓的大衣趾高气扬地坐在那里。他真是狂妄到了极点。病人可能也这么想，他躺在那里，脸颊因发烧略微发红，有时朝他望一望。另外，老人的儿子已不屑年轻人之列，与我同龄，短短的络腮胡子因生病有些零乱。老人肩宽个高，但由于渐渐恶化的疾病，消瘦得令我吃惊，他腰弯背躬，缺乏信心。他回来还没脱他的毛皮大衣，正站在那里对着儿子嘟囔着什么。他妻子个头不高，体质虚弱，但特别活跃，尽管仅限于涉及他的范围——她几乎不看我们其他人，她正忙着给他脱毛皮大衣，由于他俩个头上的差别，这还真有些困难，但最终还是成功了。另外，真正的困难也许是在于特别心急，老是急着伸出双手去摸那把扶手椅，等大衣脱下来后，他妻子赶快把它推到他跟前。她自己拿起毛皮大衣，几乎被埋在里面，她抱着它出去了。

我觉得我的时间终于来到了，其实还不如说，它并没有来到，也许在这里永远也不会来到。如果我还想试一试，那就得赶快试，因为根据我的直觉，在这里谈业务的条件只会越来越糟。那个代理人显然成心要时刻守在这里，那可不是我的方式。另外，我丝毫不想顾忌他的身体。于是我毫不犹豫地开始陈述我的事情，尽管我已觉察到正想和他儿子聊一会儿。遗憾的是我有个习惯，只要说得稍有些激动——这种情形一般都出现得很快，而在这病房里出现得比往常还早——我就会站起来，边说边来回踱步。在自己的办公室这倒是种相当不错的调节，可在别人家就有点讨人嫌了。但我却控制不住自己，特别是当我没有抽惯了的香烟时。是啊，每个人都有自己的坏习惯，与那位代理人的相比，我还是赞美我的。比如说，他把帽子放在膝上慢慢地推过来推过去，有时突然大大出人意外地戴上，虽说他马上又摘了下来，好像是出了个差错，但毕竟还是在头上戴了一会儿，他就这样不停地重复着这些动作，对此人们该怎么说呢。像这种举止的确应该说是不允许的。这些干扰不了我，我来回走着，心思全在我那些事情上，对他视而不见，不过可能有那么一些人，看到这种帽子杂技就会极其心烦意乱。当然情绪激动的我不但没有理会这种干扰，而且根本就没注意任何人。虽然我看到了眼前发生的事，但只要我还没说完，只要我没直接听到异议，我就不怎么去管它。比如我已清楚地觉察它的感受能力很差。他双手搁在扶手上，身子不适地扭来扭去，没抬眼看我一下，茫然瞪着似寻似觅的眼睛，他的面部显得那样无动于衷，好像我说的话他一个字都没听进去，我在这里没引起他的一丝注意。这些使我感到希望渺茫的非正常举止虽然我全看到了，但我还是照讲不误，就好像我还有希望，就好像我的言辞、我的好建议最终将会使一切再恢复平衡，对自己的这种宽容我甚至感到吃惊，谁也没希望我宽容。我在匆匆投去的一瞥中发现，那位代理人终于让他的帽子摘下了，把双臂抱在胸前，这让我感到某种满足。我的所述所论有一半是冲他去的，它好像对他的企图是一个明显的打击。老人那一直被我当作次要人物而忽视的儿子突然之间在床上欠起身子，挥舞着恐吓性的拳头让我闭上了嘴，否则在由此而产生的快感中我大概还要讲很长时间。显然儿子还想说什么，还想让人看什么，但力气却不够用。一开始我以为这都是烧糊涂了所致，但当我不由自主地随即向老人望去时，我就更加明白了。

他就坐在那里，一双眼睛呆滞、肿胀，他就那么呆呆地瞪着，好像只能用几分钟的时间使得。他的身子颤抖着向前倾着，就像有人压着或击打着他的脖颈，他的下嘴唇和裸出好大一部分牙龈的下颌搭拉下来，软弱无力的样子，致使整个面部都失去了正常的形状。尽管很艰难，他还在喘气，但随后就像得到解脱似的仰面倒在靠背上闭上了眼睛，他脸上又掠过某种非常吃力的表情，可随即就不见了。

我急步向他奔去，抓起他那只无力垂下的、冰凉的手，这只手让我浑身发颤，因为我似乎已经察觉不着他的脉搏了。瞧瞧，就这么完了。当然，是个老人。但愿这死亡别给我们添太多的麻烦。然而现在有多少事得做呀！首先得赶快做什么？我环顾四周寻求帮助，但他儿子已用被子蒙住了头，只能听见他在不住地抽噎，那个代理人神情冷漠，四平八稳地坐在他对面的两步远的沙发椅上，显然他决心除了坐等时间流逝什么也不干。那干事的就是我了，也就仅剩下我了，那现在马上就做最难办的，即用怎样一种尚可承受的方式，就是说以一种世上还没有的方式，将这消息告诉他妻子。我已听见隔壁房间传来了踢踢踏踏的急匆匆的脚步声。

　　她取来一件已在炉子上烘热的长睡衣，准备给丈夫穿上，她还没来得及换衣服，依旧穿着外出穿的便服。"他已经睡着了。"她看到我们如此安静，便微微笑着摇了摇头说。她怀着一个纯洁的人才具有的无限信赖，拿起刚才我又惊又怕勉强握住的那只手，就像在爱情小剧里那样吻着它——我们其他三个人简直都看呆了！……他动了起来，大声打着呵欠，让她给换上睡衣，听任妻子面带嘲怪的表情，柔情地责备他在长时间的散步中过于劳累，然后反驳说，他那是换了个方式向人们宣布他睡着了，还稀奇古怪地说了些有关无聊的话。随后他暂且躺到了儿子床上，以免在去另外房间的路上着凉。他妻子连忙拿来两个垫子放在儿子脚边，让他把头枕在上面。待事情过后我再看不出任何特别之处。这时他要来晚报，将客人丢在一边开始看报。不过他并没认真看，只是东看一眼西看一眼，同时一边以一种锐利得令人惊讶的商业眼光就我们的建议进行着让我们颇觉不适的评论，一边用空着的手不停地打着蔑视的手势，还咂着舌头表示他觉着嘴里味道不好，这动作来自于我们的商人派头。那位代理人忍耐不住做了些不合适的解释，大概他在他那粗浅的意识里感觉到，在出了这种事后必须进行某种补救，但用他那种方法当然行不通。我赶紧告辞了，我几乎还得要感谢那位代理人，若没有他在恐怕我就没力量决心离开。

在前厅我又遇到了老人的夫人。看到她那可怜的外形，我不由的脱口说出，她使我略微想起了我的母亲。因为她始终一言不发，我补充道："无论人们对此怎么说，她有创造奇迹的能力。凡是叫我们毁掉的东西，总是又被她补救过来。我在童年时代就失去了她。"我故意说得特别慢，特别清楚，因为我猜测这老夫人重听。不过她大概已经聋了，因为她径直接着问道："我丈夫看上去怎么样？"另外，我从几句辞别的话中发现，她把我和那位代理人搞混了。我很乐意相信，她从前还要温顺一些。

随后我走下台阶。下台阶比先前上台阶更加困难，而上台阶本来也不那么容易。咳，不管世上的生意之路多么坎坷，也得继续挑着这副担子。

不幸

　　已经变得无法再忍受了——十一月，一个晚上，我像进入跑道一样，从我房间狭长的地毯上跑过去，看看灯火通明的街道，我惊住了。我又折回身来回到我房间的深处，在镜子下面我发现了新的目标，为了能让人听到喊叫的声音，我突然就急促地叫了起来。没有回答，一点儿反应也没有。有人上来了，谁也阻挡不了，立即命令他不许再发出任何声音。墙上的门开了，开得如此匆忙，匆忙也是必要的，因为连楼下石板路面上拦车的马都变得像是沙场上发恶的战马一般，也立起来了。

上来的是一个鬼！鬼是一个小孩。从还没有点灯的，完全黑暗的走廊尽头出来，立着脚尖停留在摇晃得不算明显的楼板顶梁上。黄昏的回光让整个房间里瞬间变得明亮起来。小鬼迅速地用手捂住自己的脸，然后放心地，但又是突然地将目光对着窗户，此时，窗棂外的街灯上面的雾气依旧笼罩着黑暗的上空。敞开的房门前，小鬼用右肘笔直地支撑在房墙旁边，并让过堂风轻拂着他的关节、脖子和太阳穴。

我向前看去，然后说："您好！"并从炉子顶板上取了我的衣服，因为我不愿意半裸着站在那儿。有一小会我张着嘴，以便释放出我的恐惧，我的口水很脏，在脸上我的眼睫毛抖动着。总之，我没有什么不舒服，好像小鬼的到来倒是意料中的事。

这个脸颊红红的小孩，还是靠墙站在原来的地方。他的右手在墙上挤压着，粉白的墙上出现了凹凸不平。虽然如此，他依旧这样干，他的指尖还在摩擦墙面，我说："您真是到我这儿来的吗？没有搞错吗？在这么大的房子里容易搞错啊！我叫肃索，住四楼，我就是您要找的人吗？"

"安静、安静！"小孩不无轻蔑地说，"一切都是正确的。"

"那您进到房里来，过来些，我要关门。"

"门我会关好的，您不必劳驾了，您就安静点吧!"

"您不要说'劳驾'二字，在这个楼道里住着很多人，都是我的熟人，他们中大部分人从商店回来，如果他们听到我们说话，那他们就认为他们有权打开门，并查看发生什么事。那我们怎办呢? 曾经有过这种事情，这些人每天都有工作。在这偶尔一个晚上的空闲时间里他们会听谁的呢? 再说，您也知道。还是让我把门关上吧。"

"啊，到底发生了什么事? 您有事吗? 随便您吧，其实整个房子哪里都可以进来。再说一次，我已经把门关好了。您认为，只有您能关门吗? 我甚至都用钥匙把门锁上了。""那就好了，我没有别的意思。用这把钥匙您可能锁不住门吧。现在您就舒服地呆在这里吧，如果您在我这里呆着，您就是我的客人。您完全相信我吧，您要沉住气，不要害怕。我既不强您留下来，也不会赶走您。我得先讲清楚吗? 您很不了解我吧?"

"您真不必讲这些，还有，您真不应该讲这些。我是一个小孩，为什么我有这么多麻烦呢?"

"没有这么糟，当然您是个小孩，但也不太小了。您已经长大了。您要是一个女孩，就不可以和我单独留在一个房间里了。"

"这一点您完全不用担心，我只想说，我很了解您。"

我的自卫能力很差，您就不用费心当面撒谎了。尽管如此，您还是对我礼貌一点罢，别撒谎了。我求您，别撒谎了。补充一句，我并不是无时无地都在了解您，而恰恰是在黑暗的时候。要是您让点灯的话，那就更好了，我总是提醒我自己。您已经对我威胁过了。""什么？我已威胁过您？我请求您，我很高兴您终于留下来了。我说'终于'，是说现在已经很晚了。我真是难以理解，为什么您这么晚才来。我可能在高兴的时候胡说过一些什么，而恰好您又都听懂了，我可以承认十次，我说过的话，是用了您所愿意的方式威胁过您，只要不吵架，我的天哪！——您怎么能相信呢？您怎么能这样伤害我的感情呢？像您这样迎面而来的陌生人为什么要极力反对在这里待一小会儿呢？"

"我作为一个陌生人，向您迎面走来，靠得如此之近，我认为这是不明智的。我天生就是要远离您的，这您也知道，为什么要忧郁呢？您说说，您要演戏吗？我立刻就走。"

"是这样吗？您也敢于跟我说这些吗？您还是有点儿勇气的。不过，您终归是在我房间里，您用手指发疯似的在我房间的墙壁上搓揉。我的房间，我的墙啊！此外，您还说什么？不仅新鲜，而且可笑。您说，您的天性使您不得不以这种方式和我说话。真的吗？您的天性强迫您吗？这恰好是您可爱的天性。要是我出于天性对您友好，您也不可以恶意相向的啊！"

"这就是友好吗？"

"我是讲过去。"

"您知道我以后会怎么样吗？"

"我不知道。"

我走向放着点心的桌子，我把桌子上的蜡烛点燃，当时我房间里既无煤气灯也无电灯，然后我在桌子旁边坐了一会儿，虽然如此，我还是有一点累。我拿上大衣，从长沙发上取了帽子，把蜡烛吹灭。在出去时，我却被沙发腿绊倒了。

在楼梯上我遇到了同一层楼上的房客，"您又要出去吗？您这个流浪汉！"

这个房客的腿有楼梯的两个阶梯那么长，他站着安详地问我，"那我应该干什么呢？"我说，"我房间里现在有一个鬼。"

"您说话也是这样怒气冲天，好像要找岔子啦？"

"您简直是在开玩笑，可您得注意，鬼就是鬼。"

"一点不错，可要是人家不相信，又怎么样呢？"

"您是说，我不信鬼，可这种不迷信也帮不了我的忙。"

"很简单，如果鬼上门了，您也不用害怕。"

"对，但这是一种不足挂齿的害怕，害怕表面现象的本质，这才是真正的害怕。这种害怕是存在的。我现在最害怕的就是这一招。"

我近乎有点神经质了，我开始在每一个衣服口袋里进行搜索。

"因为您不害怕表面现象，那您就可以安心地探究这种本质。"

"您还从未公开地和鬼们谈过话，从他们那里您永远也得不到一个明确的答案。这是一种永无休止的徒劳，鬼的存在和我们自己的存在比起来，似乎更值得怀疑。顺便说一句，鬼论的消亡是不足为怪的。"

"我听说过，人们可以供养它。"

"说得倒好，是可以供养，但谁干呢?"

"为什么不干呢? 例如它是女鬼的话。"

他说着已上了更高的台阶。

"原来这样，"我说，"不过，谁也不敢担保。"

我在思考，我的熟人正上到很高的台阶了，为了看着我，他不得不在楼梯上面的拱顶下低了头。

"尽管如此，"我叫喊着，"如果你把上面的鬼带走了，那我们的关系就完了，永远完了。"

"不过这只是一个玩笑，"他说，将头回过来。

"那就好了，"我说。我本可以心安理得地去散步，但我感到无聊，我上楼去睡觉了。

亚洲胡狼和阿拉伯人

　　我们在一块绿洲上宿营，此时，旅伴们都睡了。一个阿拉伯人，他个子高高的，皮肤白白的，从我身旁经过。他刚把骆驼安顿好，向自己的睡铺走去。

　　我仰面躺在草丛中，总想睡觉，却总也睡不着。在远处的某个地方，一只亚洲胡狼在哀嚎。反正也睡不着，我索性重新坐起来。刚才还很遥远的东西，现在一下子近在眼前了。我看到一群胡狼向我涌来，它们眼睛一闪一闪地放出一种黯淡的金光，那细长的身躯，仿佛是在鞭子的指挥下有节奏地、灵活地运动着。

其中一只胡狼从我的背后挤过来，然后钻入我的臂下，和我的身体紧紧地贴在一起，它似乎很需要我身体的热量。之后这只胡狼来到我面前，几乎贴着脸面对我说："我是这一带最老的亚洲胡狼，很幸运还能在这里向你问好。我差不多已经不抱希望了，因为很久很久以来我们都在期盼着你，我的母亲等待过你，她的母亲以及母亲的母亲以至全部亚洲胡狼的母亲都等待过你。请你一定要相信这一点。"

"对此我感到非常吃惊。"我说，同时我也忘记点燃那堆木柴，原本用它的烟是可以吓退胡狼的。"听到这些我感到十分吃惊。我来自遥远的北方，来到这里只是巧合，我现在正在进行一场短暂旅行。胡狼们，你们到底想要什么？"

胡狼们似乎是受到我话中那些显得有些过分友好的情绪的鼓舞，于是它们更紧密地围在了我的身边，短促地喘着气。

"我们知道，"那只最老的胡狼开始说，"你来自北方，这正是我们的希望所在，那里有理解，而这种理解在此地的阿拉伯人中是无法获得的。他们冷漠傲慢，毫无理解可言，这你也知道。他们残忍地杀害动物，并以此为食，而对于那些腐烂的动物尸体却不屑一顾。"

"说话声音别这么大，"我说，"阿拉伯人就睡在这附近。"

"你真是个外地人，"老胡狼说，"不然你该知道，在世界历史上还从未有过胡狼害怕阿拉伯人的事。难道要我们惧怕他们吗？我们被迫被放逐和这样的民族为伍，这难道还不够倒霉吗？"

"可能，有可能，"我说，"但对于一些和我自己不相关的事情，我向来是不敢妄作评论的。这就像是一场旷日持久的争吵，它已经和彼此的血液融为一体，所以，也许只有血流尽了，矛盾才能得到彻底的解除。"

"你真是太聪明了，"那个老胡狼说。围在我周围的所有胡狼的呼吸更加急促起来，虽然它们一动不动地站着，但它们的胸脯却起伏不断。这时，一股苦苦的、有时只有紧咬牙关才能忍受的气味从它们张开的嘴中弥漫而出。"真的，你真是太聪明了，你所表达的意思正是我们的古训。那么，我们就喝了他们的血来结束这场无休止的争吵吧。"

"哎！"我反常地惊叫道，"他们会保卫自己的，他们会用他们的火枪把你们成群成群地杀死。"

"你误解了我们，"它说，"看来这种人在北方高地也是有的。我们是不会杀死他们的，而且我们这么做的话就算用尽尼罗河的河水，也清洗不掉我们身上的血迹。我们只要看一眼他们活着的躯体我们就会跑开，跑到干净的空气里，跑到沙漠里去，那时沙漠就成了我们的家。"

在我和胡狼聊天的期间，从远处又跑来许多胡狼。所有的胡狼都把头低下来夹在两腿之间，用爪子擦洗着，那样子就像是要掩藏一种厌恶至极的心情，这厌恶狰狞可怖，我恨不得一个纵身逃出它们的包围圈。

"那么你们到底想干什么呢?"我问，并试图站起来，然而我并没有成功，因为两只小胡狼在身后紧紧地咬住了我的外衣和衬衣，我只好继续坐在那里。

"它们咬着你们的衣角呢，这是一种尊敬的表示。"老胡狼认真地向我解释道。

"它们应该放开我!"我大声吼道，一会儿对着那只老胡狼，一会儿又对着那两个小狼。

"它们自然会放开你的，倘若你这样要求的话。但是需要你稍等片刻，因为按照习俗它们咬得很深，必须慢慢地才能松开牙齿。所以，现在利用这点时间，还是请你听听我们的请求吧。"

"你们的做法并没有打动我的心。"我说。

"我们再也不要像现在这样，因为行为笨拙而互相报复。"老胡狼说，并且第一次用它自然的声调向我哀求道："我们只是可怜的动物，无论好事情还是坏事情，我们都只能使用这副牙齿。"

"你究竟想要说什么？"我问，不过语气已经稍微缓和了一些。

"先生啊，"它叫道，与此同时其他的胡狼都嚎叫起来，远远地听起来好像一首曲子。"先生啊，你一定要来结束这场让世界分裂为二的争吵啊！你就是我们祖先所描述的那位肩负这一使命的人。我们一定要从阿拉伯人那里获得和平，我们一定要得到可呼吸的空气，还有未经受阿拉伯人玷污的环顾一切的视野，我们不要听到可怜的羊群遭到阿拉伯人屠杀时的悲惨鸣叫。所有动物的死都应该是平平静静的。我们要不受任何干扰地喝尽它们的血，吃尽它们的肉。我们要的只是那份纯洁无瑕，除此而外，别无所求。"

这时，所有的胡狼都抽泣起来——"为什么这世界上只有你还能忍受这种事？你灵魂高贵，内脏甜美。而他们的白衣服肮脏不堪，他们的黑衣服污秽至极，他们的胡须狰狞恐怖，只要看一眼他们的眼角就能令人作呕，当他们抬起胳膊时，腋窝里的肮脏更是如同地狱。所以，先生啊，因此，尊贵的先生啊,请用你万能的双手,请用你万能的双手拿起这把剪刀吧,剪断他们的喉咙!"随着老胡狼的头猛地一转,一只胡狼走了过来,嘴里用尖牙叼着一把满是老锈的小剪刀。

"这把剪刀终于出现了,那么所有的事情都可以结束了!"我们旅队的阿拉伯向导突然喊道。紧接着他迎着风悄悄地摸到了我们跟前,现在他正挥舞着他那巨大的鞭子。

顿时,胡狼们作鸟兽散,但它们跑到不远处又停住了。这么一大群动物就那么紧挨着呆呆地蹲在一起,看起来就像一条窄窄的栅栏,被鬼火包围着。

"先生,你现在也亲眼见证了这场表演,"阿拉伯人说,他正愉快地笑着,但那笑容里却有着不失其民族的矜持。

"你现在知道了这些动物想要什么了吗?"我问。

"当然,先生,"他说,"这是人尽皆知的事情。只要有阿拉伯人存在,这把剪刀就会在沙漠上游荡,跟踪我们直到天边。它们会把这把剪刀交给每一个欧洲人去完成这一重大的使命,而每个欧洲人都可能是它们最合适的人选。这是一种荒谬的企图附着在这些动物身上,它们简直是笨蛋,十足的笨蛋。所以,我们喜欢它们,它们是我们的爱犬,比你们的要好。看着吧，一头骆驼在夜里死了，我叫人把它弄来。"

说话间，四个人把一具沉重的尸体抬到我们面前，扔到地上。不等它落地，胡狼们就叫了起来。每只都好像被绳索牵着一样顺从地、时断时续地爬过来。它们完全忘记了阿拉伯人的存在，忘记了仇恨，那具散发着浓浓的气味的尸体让它们着了魔，忘记了一切。一只胡狼已经抱住了死骆驼的脖子，一口就咬住了动脉血管。像一台疯狂的小水泵不顾一切而又无望地想扑灭一场大火一样，它浑身每一块肌肉都被扯动、都在抽搐。转眼间，所有的胡狼扑过去，压在那具尸体上，干起了同样的事情。

这时，那阿拉伯人挥起坚利的鞭子，左右开弓，向它们用力抽打过去。它们抬起头，晕晕醉醉的，看见阿拉伯人站在面前，这才感觉到嘴被鞭子抽打的疼痛。于是后跳一步，又向后跑了一段距离。但是那骆驼的血已经流得满地都是，还蒸发着热气，躯体已被撕开了好几个大口子。它们抵挡不住这诱惑，又扑上去。那向导又举起了鞭子，这次，我抓住了他的胳臂。

"你是正确的，先生，"他说，"让它们继续它们的营生吧，再者，我们也该出发了。你已经看到它们了，它们都是很奇怪的动物，不是吗？它们对我们是多么仇恨呀！"

家父之忧

有些人说，odradek 这个词源自斯拉夫语，他们试图以此为根据来论证该词的结构。而另一些人则认为，它源于德语，而斯拉夫语对它只是有些影响。两种观点皆是莫名其妙，无不令人觉得它们确实无一为是，尤其因为不能用其中任何一种给该词定义。

如果的确不存在一种叫做 odradek 的东西，那么自然也就不会有人去做这样的研究。它初看上去像一枚低矮的星状的纱芯，而事实上其表面好像就是被纱线裹盖着，不过那只是一些残断破旧、互相连接而又乱作一团的各色各样的线段。

然而它又不只是一根线芯，从星的中间横突出一根小棒，在其右侧还有一根。这后一根小棒在一侧，而星的一束光芒在另一侧，可以像两条腿一样使整个尤物站立起来。

人们试图相信，这东西以前会因为某种目的而具备一定的形状，而现在只是被打碎了。但这似乎又不大合乎情理，至少没有什么迹象表明如此，也没有这方面的痕迹或裂缝。整个东西显得荒诞离奇，但却自成一体。再具体就不好说了，因为 odradek 特别灵活，无法捉拿。

它居无定所，或屋顶，或楼梯间，或人行道，或走廊。有时又几个月见不到它，或许迁居到别人家里去了，但是，过后它一定又返回到我家里来。有时，如果人走出屋门，而它又恰巧靠在下面楼梯的扶手上，人们就想跟它说说话，当然人们不会给它提出复杂的问题，它娇小可人，所以人们对待它就像对待一个孩子。"你叫什么名字呀？"人们问它。"oadradek"它说。"那你住哪里？""飘忽不定，"它说，并且笑了，那笑就像嘴里没有舌头发出的笑，听起来类似纸张落下时发出的刷刷声。一般情况下，交谈就此结束。另外，就是这样的回答也不是总能得到，因为它经常闭口无言，默不作声，如同一块和它相似的木头。

我徒劳地问自己，它将来会怎样呢？它会死吗？大凡会

死的，生前都有一定的目标，有一定的事情去做，并因此而
操劳致死。哦，亲爱的，不是这样。那么它将来会拖着纱线
在我的孩子以及孩子的孩子的脚下再滚下楼梯吗？很显然，
它并不伤害别人，然而，一想到它会比我活得长久，我就痛
苦不堪。

欺骗农民的人

　　终于等到了晚上 10 点钟，我和一个男人一起来到一所豪华住宅前，这个人以前和我有过泛泛之交，这次又意外地和我相遇了，并且他还把我引来拉去地在几个胡同里厮混了两个小时。事实上，我原本是受到邀请来这家住宅参加一个集体活动的。

　　我们要告别了。我对他说了句"好啦"，并伸出手和他击掌，这样做的意思就是无论如何我们要分手了。当然，除此之外，我还作过某些暗示，我已经太累了。他问："你到上面去吗?"从他的嘴里我似乎听到一种牙齿打架的声音。

"是的。"

我马上对他说，人家邀请我来的。我心里想，我可是被邀请到上面去的，在上面的感觉一定很神气；而不是在这里，站在下面，站在大门外面，只那么看着对方的耳朵根子，重要的是直到现在我们还默然相对，就好像我们已经决定在这个地点作长久的逗留。

这时分，除去天上的星星在眨着眼睛外，周围的房子和房子上空的黑暗都加入了我们的沉默。街道上有些身影模糊的散步者，我不想知道他们上哪里去。不过他们的脚步声，还有总是向街道对面压去的风声，以及某个紧闭着窗户的房间里放出的唱机声音，所有这些声音在我们的沉默下都听得非常清楚。好像这些声音就是这条胡同经常的和永远的特征。

我身边的男人微笑了，从他的微笑中和微笑以后的表情看，我可以肯定地说，他是同意我们分手了，他将手臂沿着墙面向上伸展，然后闭着眼睛将脸对着手臂。

只是，他的微笑我并没有看完，因为我突然觉得自己被一种不好意思的情绪所包围。我了解这种微笑。这是一个欺骗农民的人。如此而已。

　　我已经在这个城里住了几个月之久，我自信自己对这些人简直是太熟悉了。到了晚上他们就会在胡同里游荡，向你伸出手来，如同旅店老板对待我们一样。你站在贴着布告的柱子前，他们就一定会在柱子的周围游来荡去，就像捉迷藏一样，他们会突然从圆柱后面向前方冒出来，只用一只眼睛窥视。在街道十字路口，当你正在生气时，他们会突然移身到人行道的边上。我太了解他们了。曾经，他们是我在一个小旅店中的第一批城里的熟人。也正是因为他们，让我第一次见识到了这种纠缠不休的把戏。这种伎俩直到现在我都不能很快地忘掉它。

　　是的，我已经开始认识了他们。尽管你早已逃离了他们，甚至他们也早已不再欺骗了，可是，那种感觉你已经甩不掉了，就像他们还站在你面前一样。他们不坐下，也不躺着，就那么从远处看你，而且带着某种使人信任的眼光。他们的伎俩并无新奇之处，总是老一套，在你面前装作一副无所不能的样子。当你急着要到什么地方去的时候，他就会挡住你的去路，作为补偿，他还会为你准备一套只有在他自己心中存在的住宅；到了最后，他终究是要反对你原来的主意，并且他把这当作是对你的友好，对你的拥抱，他就在拥抱你，脸对着脸，经过长时间厮混，对于这种笑剧我算是领教了。我的指尖相互摩挲着，我用这种办法使他的无耻勾当没有搞成。

男人还像刚才一样靠在这里，还总是以欺骗农民的人自居，他对自己的境况很满意，这种满意使得他脸颊自带一种红润。

"我知道！"我说，并用手指轻轻地敲了敲他的肩膀，之后我便急步上了楼梯。接待室里侍者们似乎正在等待我，他们无比真诚的脸令我格外高兴，这对我而言就像是一份美好的礼物。当他们为我脱掉大衣并且擦掉皮靴上的尘土时，我挨个儿瞧着他们。我的内心是紧张和雀跃的，我先深深吸了一口气，舒展了一下身子，然后向大厅走去。

城徽

　　修建巴别塔之初，一切还算井然有序。是的，这种井然有序大概太过分了，人们过多地考虑什么路标呀，译员呀，筑塔人的食宿呀，交通道路呀，仿佛眼前还有几百年的时间想做什么就做什么。这种当时普遍流行的看法甚至认为，建造的速度大概根本就不慢。人们大可不必十分夸张地表达这种看法，可能是他们特别畏惧打地基。人们是这样论证的：整个事业的精髓即修建一座通天塔的想法。除了这个想法，其他一切均属次要的。这个想法一旦形成就不会消失。只要人类存在，就会有将这座塔修到底的强烈愿望。

　　不过由于有将来，人们不必在这方面担忧，而是相反。

人类的知识日益高深，建筑技术已大大进步，而且将继续进步，过上一百年，一件现在得费时一年的事大概只要半年就能完成，而且质量更高，更经久耐用。既然如此为何今天要累死累活地使尽力气呢？只有可望在一代人手上建成此塔时，才值得这样尽力。然而这绝对没有希望。更易推想出来的是，知识完善的下一代将认为上一代干得不好，将把已建好的拆毁，以便重新开始。这种想法泄了大家的劲。比起建塔来，人们更热衷于营造筑塔人的城市。

每个同乡会都想占据最漂亮的营地，因此便产生了无休无止的争执，直到升级为流血冲突。这些冲突再无平息之日。对于首领们来说，它们成了一个新论据，因为他们认为，由于缺少必不可少的集中，此塔须造得十分缓慢，或者干脆等到缔结全面和约之后再造。不过人们并未将时间全都用于这些冲突，在间歇中他们也美化城市，但这又引出新的忌妒和新的冲突。第一代的光阴就这样过去了，不过以后数代也没什么不同之处，只是技巧更为熟练，随之也更加好斗。到了第二或第三代，人们已经认识到建造通天塔的愚蠢，但此时他们已经彼此紧紧联在一起，再也离不开这个城市了。

在这座城市里，借助传说和民歌表现出来的一切都充满了一种渴望，对已有人预言的那一天的渴望，到了那一天，这座城市将被一只巨拳连击五下，它将被砸得粉碎。因此，这座城市在城徽上有了这只拳头。

兄弟谋杀案

凶杀案已经被证实，是这样发生的：

凶手名叫施马尔。在一个月光明亮的晚上大约十点钟的时候，他来到那个街头拐弯的地方。而被害者韦泽从他办公室所在的巷子里回到他住的那条巷子就要经过这个拐角。

夜里，寒风凛冽，但施马尔只穿着一件薄薄的蓝衣服，上面外套的扣子敞开着。他不感到寒冷，还不停地走来走去，手里明目张胆地紧握着一把半是刺刀、半是菜刀的凶器。月光下，刀光闪闪，可是施马尔仍嫌不够，于是，用刀在路砖上砍了几下，使它冒出火花。可能又后悔这样做，为了弥补过错，他把刀子在靴子底上来回像琴弓一样擦了擦，发出噌噌的响声，同时，他单腿立地，躬身向前，一边听着刀子擦在靴子上的声音，一边仔细听了听那命运攸关的侧巷里的动静。

在附近三楼上，普里瓦特·帕拉斯站在他家窗口目睹了这一切。他怎么能够容忍这些呢？请研究一下人类的本性吧！他衣领竖了起来，肥胖的身体上，睡衣系着腰带。他一边摇着头，一边观看下边的动静。

与他相隔五栋房子的斜对面，韦泽太太在睡衣上又披了件狐皮大衣，在急切地等待着丈夫的归来，他今天怎么这样磨磨蹭蹭。

韦泽办公室的门铃终于响了，传向天空的声音之大简直不像是门铃在响，整个城市都能听到。听到铃响，韦泽这个夜间工作狂走出房间。不过，在这条街道上还看不到他，只是钟声告诉人们他的到来。紧接着，路上便响起他那慢悠悠的脚步声。

帕拉斯把身子往前倾了倾，他不想放过任何一个细节。韦泽太太听到钟声放下心来，于是啪的一声关上窗户。而施马尔跪在地上，这时他身体再没有其他裸露的部位，所以，把脸和双手贴在石头上。天寒地冻，滴水成冰，而施马尔周身灼热。

正好在巷与巷相交的地方，韦泽站着不动了，只把拐杖伸进了这条巷子里面。这时他来了兴致，夜里深蓝色和金黄色的天空深深地吸引了他。他出神地仰望着，却并没有意识到自已在做什么；他不知不觉地稍稍掀起帽子，摸了摸头发，脑子里压根没有去想自己下一刻命运的吉凶，一切依旧荒唐可笑、令人费解。韦泽继续向前走去，这本来非常合情合理，无可非议，然而，等待他的却是施马尔的刀子。

"韦泽！"施马尔吼道。他抬起脚跟，高举起胳膊，将刀子猛扎下去。"韦泽，朱丽叶白白地等待着你！"然后，他向韦泽刺了过去，左一刀刺进脖子，右一刀刺进脖子，第三刀深深地捅进了肚子。韦泽像水鼠被撕开了身体一样发出一声惨叫。

"成功啦！"施马尔说，那把刀子随即也就变成了无用的血淋淋的累赘。于是，他把刀子扔到紧挨着的房前。"杀人真是快活！别人的血在流淌，这使人感到轻松，受到鼓舞。韦泽，你这个老夜游子、老朋友、酒鬼，你还是消失到这街道黑暗的地里去吧！为什么你不是一个装满血液的气球，让我坐到你身上？这样你就消失得一干二净了。并不是一切都令人满意，并不是所有的美梦都能成真。你沉甸甸的尸体躺在这里，一动也不动。你这样无声地提问究竟是为什么？"

帕拉斯满腔怒火，站在他家大开的双扇门前，"施马尔！施马尔！一切我都看到了，每一个细节我都看到了。"帕拉斯和施马尔互相审视着，帕拉斯感到心满意足，而施马尔仍然百思不得其解。

韦泽太太吓得脸一下子苍老了许多，她急奔过来，身后跟着一大群人。狐皮大衣敞开了，她向韦泽身上扑去，将整个身躯压在他身上。她贴身穿着睡衣，众人只看到那狐皮大衣像坟墓上的草皮一样覆盖在韦泽夫妇身上。

施马尔的脸被按在警察的肩膀上，强忍着最后的痛苦，被毫不费力地带走了。

致科学院的报告

尊敬的科学院的先生们：

承蒙诸位盛情厚爱，邀请我向贵院写一份我所经历过的猿猴生活的报告，为此我深感荣幸。

不过，遗憾的是我恐怕很难满足先生们的要求。我告别猿猴生涯将近五年的时间了。而我猿猴生活的这一段经历在时间的长河中也只是短暂的一瞬，但即使这样，我仍然觉得，再短暂的时光流逝起来也是极其漫长的。诚然，我生活中不乏好人、忠告、喝彩和音乐的陪伴，不过总的说来我还是孤独的，因为这所有的伴随者为了保持自己的形象都选择远远地停留在铁栅前。加入假如我当初死死抱住我的本族不放，执着于少年时期的回忆，那么现在的我绝不会有这样辉煌的成绩。

一定程度上讲，"力克固执"正是我矢志不渝的最高信条，虽然我是一只自由的猿猴，却心甘情愿受此羁绊，如此一来，我对往日的记忆也就渐渐模糊了。只要人类允许，我原本可以跨过上苍造就于大地之间的这道门槛，重新踏上回归我的本族之旅，遗憾的是这扇大门却随着我受到鞭策而产生的进步和发展变得日益狭窄和低矮起来，到了最后，我反而觉得生活在人类的世界里我才得以更加惬意舒畅。跟随我身后的那阵往日时光的狂风越来越弱，如今它已经变成只是轻拂我脚趾的微风了。远处的"洞穴"——那是狂风和造就我的地方——已变得这般狭小，就算我有足够的力量和意志回去，在重新穿越它时也必定会脱掉一层皮的。实话说——虽然我也喜欢用比较委婉的表达方式——所以，请原谅我的直接，尊贵的先生们，你们过去的猿类生涯（如果你们也有这样的经历的话）和你们现在之间的距离不见得就比我与我的本族之间的距离大多少。说到在脚跟上搔痒的癖好，那么地球上的生物大抵都是如此，不管是小小的黑猩猩还是伟大的阿契里斯。

　　但是从最狭义的方面讲，我似乎可以给诸位一个答复，我甚至很乐意这么做。我所学的第一件事就是握手。握手意味着坦率、诚恳。今天，正值我生涯发展的最高峰，我很乐意坦然地和你们谈谈我第一次握手的情形。其实，我要讲的事情对贵院来说并无甚新奇，自然会远离诸位的要求。我就算有这个意愿也着实很难表达。不过就算如此我还是能大致的说明一下，一只曾经的猿猴需要经过怎样的途径才能步入人类世界并取得在这个世界中的安身立命之道。加入我今天依旧不自信，我的地位在文明世界的大舞台上也还没有得到巩固的话，那么我是决然不会陈述以下细节烦劳诸位倾听的。

　　那先从我的祖籍开始说起吧。我的祖籍在黄金海岸，至于我是如何被捕捉到的这一全部过程我都是后来听人说的。那是一个傍晚，我们一群猿猴到河边饮水，当时哈根贝克公司的一个狩猎队刚好就埋伏在岸河边的丛林里——顺便说一句，后来我和这个公司的头儿一起喝过许多瓶红葡萄酒——然后如你们所想的一样，他们向我们开枪了，而我成了那个傍晚唯一一只被击中的猿猴，且身中两弹。

　　第一枪打在我的面部，虽然伤得不重，但却留下了一大块从此不生毛发的红疤。从那时起我便得到了一个令我恶心、与我毫不相称、也只有猿猴才想得出的"红彼得"的绰号，好像我和那只被驯服了的猿猴——彼得，唯一的区别就只是这块红疤了。捎带解释一下，猿猴彼得在远近还是有点小名气的，他不久前才死去。

第二枪打在我的臀部下方，伤得很是严重，就算是到了现在，我走路还是有点瘸。不久前我在报上读到一篇文章，它出自某位轻率地对我横加挑剔者的手笔，不过话又说回来，这样的人又何止成千上万。这篇文章指出我还没有完全克服猿的本性，这么说的依据是当我有客人来访时，我总喜欢脱下裤子让人看子弹是怎样从我的臀部穿进去的。凭良心说，写这种文章的家伙的手指头真应该毫不留情地打断。至于我，只要我乐意，我当然可以在任何人面前脱下裤子。人们除了能看到整齐干净的皮毛之外就是——在这里我们为了某种目的而选择用一个不会被大家误解的词——那颗罪恶的子弹留下的伤疤。

我觉得这么做并无不妥，一切都磊落坦荡，一切都是没有必要做任何隐瞒。当真实是说明一切的万能时，我想任何一位明智之士定都一定会摒弃所有文雅的举止。反之，假如那位作者先生选择在客人面前脱下裤子，那么这可就大失体统了。他不这么做我认为是理智之举。既然如此，那么我完全有理由请这位先生不必这么"体贴入微"地干涉我自己的事！

中弹醒来后，我才发现自己被关在哈根贝克公司轮船中舱的一只笼子里。就是从这时开始我才逐渐有了属于我自己的回忆。我清楚地记得那只笼子固定在一只箱子上，箱子的三面是铁栅，第四面就是箱子。笼子低且窄，我是站着也难卧着也难，只有弯着不停颤抖的双膝半蹲在那里。现在想想，当时大概是我不愿见任何人，只想待在黑暗处的缘故，我总是面对着箱子，如此一来，笼子的铁栅都戳进了我后背的皮肉里。人们多数认为在捉到野兽的初期用这种方法囚禁它们是可取的，但就我个人而言，通过这种体会后也无法否认，这一囚禁方法以人类之见确实是卓有成效。

可当时我不这么想。那是我生平第一次没有了出路，至少往前走行不通。正对着我的是那只箱子，一根根木条连在一起，虽然木条之间留有一些缝隙，以致在我发现它的时候还狂喜地叫了一声，可狂喜之后我才发现那缝子细得根本连尾巴都塞不进去，就是用尽猿猴的气力也无法将缝隙扩大丝毫。

后来从人们的口中得知，我当时安静极了，人们因此断定，要么我会马上死去，要么日后训练起来会很顺手，而问题的关键在于我能否成功地度过最初的危险期。结果证明我挺了过来，我闷声闷气地啜泣，痛苦不堪地满身捉跳蚤，无力地在一只椰子上舐来舐去，不停地用脑袋撞击木箱，见到有人靠近我就朝他吐吐舌头，这就是我新生活开始的全部内容。然而，在这些全部的生活内容背后，我只有一种感觉：没有出路。当然，我今天只能用正常人的语言描绘我当时作为猿猴的感受，所以很难没有偏差，但是就算我现在再也无法达到曾经身为猿猴的"境界"，至少我能保证我刚才追述的事情不是瞎编乱造，这一点还请诸位不要有所怀疑。

在这之前，我是多么的神通广大，无所不能；可现在摆在我眼前的却是穷途末路，寸步难行。我甚至会觉得就是把我钉死在某个地方对我来说都是好的，至少我行动的自由或许比现在还要大些。为什么会是这样呢？我扯开脚趾间的肉找不到答案，就是背顶铁栅几乎被勒成两半还是找不到原因。我深知自己已经走投无路，但还是为自己打气决心一定要为自己开辟一条生路，否则就没有活下去的希望，因为总是这么贴着笼壁的话我非送命不可。可是哈根贝克公司认为，笼子本来就是猿猴待的地方。如此，我便只得向猿猴生涯告别了。随即，一个清晰而又美妙的念头就这样在我的肚子里升腾而起，因为猿猴是用肚皮思想的。

我担心人们不理解我所说的出路指的是什么，其实我用的是它最基本最完整的含义。我之所以不用"自由"这个词是有原因的，我指的并非是无拘无束的自由自在的感觉，作为猿猴我领略过这种感觉，而且我也结识了一群渴望获得这种感觉的人。但就我本身而言，不管是在过去还是岁当下，我从不对自由有任何奢望。顺便说一下：人类用自由招摇撞骗的简直太多了。正如自由被视为最崇高的情感之一，其相应的失望也变得最崇高。我在马戏班子虽登台演出之前经常看到两个艺人在屋顶下的秋千上作空中飞人表演，他们摆动着身体飘来荡去，一会儿跃向空中，一会儿扑向对方的怀里，一个用牙咬住另一个的头发，我直纳闷："这般炫耀自己而不顾他人的运动居然也称得上是人类的自由？"这真是对神圣大自然莫大的嘲讽！猿猴如果看到这种表演肯定也会哄堂大笑的，戏园子不被笑塌才怪呢。

不，我需要的不是自由，而是出路，左边或右边，随便什么方向都可以。我别无他求，哪怕这出路只是自我蒙骗我也认了，我的要求很低，只要蒙骗不至于太惨。向前，继续向前！决不能抬着胳膊贴在一块木箱板前一动不动！

今天我算明白了，如果内心不能极度镇静那么我是没有任何机会逃脱的。我能有今天的成就确实要归功于我在船上时那最初几天的镇静，而让我可以那么镇静的功劳应当属于船上的人们。

不管怎样，他们都是些好人。直到今天我仍乐意回想起他们那曾经在我半梦幻状态中萦回的沉重的脚步声。他们习惯慢腾腾地做事，有人想揉眼睛，他的手抬得很慢，好像那手是一副沉甸甸的担子。他们开玩笑的方式很粗鲁，但很开心，他们的笑声里混杂着让人听着害怕实际上却并无恶意的咳嗽。他们习惯吐唾沫，至于吐到什么地方对他们而言却是无所谓的。他们习惯抱怨，说我把跳蚤传给了他们，但他们却从不因此真生我的气，因为他们知道我的皮毛里很容易生跳蚤，而跳蚤总是要跳的，所以他们大度地宽容了我的"不是"。

每每有闲余时间时，有些人便会围成半圆坐在我的面前，他们的话很少，很多时候只是彼此间咕噜几声，便伸展四肢躺在大柜子上抽烟斗。只要我有一丁点儿的响动，他们就拍打膝盖。时而还有人拿根小棍给我搔痒。如果现在还有人邀请我再乘此船游弋一番，我一定会拒绝，但我也可以肯定地说，那条船的中舱留给我的回忆并不完全是那么可憎可厌的。

正是我在这些人当中获得的平静打消了我逃跑的念头。现在回想起来，当时我似乎也预感到，要活下去就一定要找到一条出路，但出路绝不是靠逃跑能够获得的。现在我仍说不上来，当时逃跑是否真的可以实现，但我想是可能的，逃跑对于一个猿猴来说总是办得到的。今天我用牙咬一般硬果都得小心翼翼，可那会儿我稍用时间保准能把门锁咬开。可我没那么做，就算我把门锁打开了，结果又能怎样呢？可能还不待我探出脑袋就又会被人捉住，关进一个情况更加恶劣的笼子里；我或许能悄悄地跑向其他动物，比如说我对面的巨蟒，然后在它的"拥抱中"死去；或者我会成功地溜上甲板，蹦出船舷，跳进水里，那么我只能在茫茫大海中晃动片刻即葬身海底。这纯粹是绝望的十分愚蠢的举动。当时，我可不会像人类那样精于算计，但在环境影响下，我的一举一动仿佛都是深思熟虑所驱使。

我必须得承认，我虽然没有精打细算，但却把一切都观察得清清楚楚。我眼看着这些人走来走去，老是那些面孔，他们动作千篇一律，我经常感到，他们不是一个群体，而是同一个人。这个人、或者说是这群人不受约束，不受干扰地来回走动。然后，一个宏大的目标就那么朦朦胧胧地在我脑海里升起了，没有人向我许诺过，只要我变得和他们一样，笼子的栅栏就能拆掉。显然，这种不着边的许愿不会出现。如果梦想果然得以成真，那么事后人们会发现，曾经梦寐以求的结果竟然和很久之前的许愿不谋而合。现在，这些人本身对我已失去了吸引力，倘若我真的是前面所说的自由的信徒，那么我的出路就是遵循这些人阴郁目光的暗示而投身到浩瀚的海洋中。总之不管怎么说，我想到这些事情之前就已把他们观察得很细，正是大量观察的结果才使我踏上了这条特定之路。

　　果然，我不费吹灰之力就把这些人模仿得惟妙惟肖，没几天我就学会了吐唾沫，然后我们就互相往脸上吐，所不同的是我事后把自己的脸舔得一干二净，而他们却不会这样做。很快我就成了抽烟袋锅的老手，每当我用大拇指压压烟袋锅时，整个中舱就响起一片欢呼声。不过，空烟袋锅和装满烟丝的烟袋锅的区别我总是弄不明白。

　　说到最令我恼火的，当属学喝烧酒了。实话说，烧酒那玩意儿的气味真叫我难受，我强迫自己使出浑身解数，用了好几个星期才总算过了这一关。说来也怪，人们对我内心的斗争似乎格外重视，甚至超过了其他方面。我凭自己的记忆很难把他们的模样辨别清楚，但有一个人他总是不分白天晚上的到我这儿来，他有时独自一人，有时和同伴一起。他总是带着一瓶烧酒在我面前摆好架势开导我，他似乎对我大感不解，急于要解开我身上的谜。他总是慢慢地打开瓶塞，然后瞧着我，看我是否明白他的意思。我呢，总是狂热而又聚精会神地望着他，我敢说，地球上没有一个老师有过像我这样的学生。

　　他常常是再打开瓶塞后，就把酒瓶举到嘴边，我便紧盯着他直到观察清楚他喉咙的变化，然后他会点点头，表示对我满意，再继续把瓶口放到唇边。我为自己逐渐开窍而欣喜若狂，一边狂呼乱叫，一边浑身上下乱挠一通。他高兴了，举起酒瓶喝了一口。我急不可待，甚至有些疯狂地想竭力模仿他所有的动作，结果在忙乱中笼子里的我只是弄了自己一身尿臊而已，这一举动又使他快活地开怀大笑。随后他伸直拿着酒瓶的胳膊，又猛一下举了起来，用一种夸张的教训人的姿势向后一仰，一口气把酒喝了个精光。我被不可抑制的激情折腾得疲惫不堪，有气无力地斜靠在铁栅上再也无法学下去了。而他呢，摸摸肚皮笑了笑，全套的理论课程就这样结束了。

随后，实践开始了。我不是已经被理论调弄得筋疲力尽了吗？是的，确实太累了，这也是命中注定的事。尽管如此，我还是尽我所能抓起了递到我眼前的酒瓶子，颤颤悠悠打开瓶塞，成功的喜悦又给我注入了新的力量。我举起酒瓶，和老师的动作几乎没有什么两样，把它放到嘴边，然后厌恶地、极其厌恶地把它扔到地上，尽管酒瓶是空的，只有一股酒气往上翻。这使我老师伤心，更使我自己难过之极，虽然我在扔掉酒瓶后还没有忘记用最优美的姿势笑着摸摸肚皮，但这也未能给师徒俩带来好心绪。

我的训练课往往就是这样宣告结束。我尊敬老师，他并不生我的气，只是有时他把点着了的烟斗塞进我够不着的皮毛某处，以至于那儿都起了烟火，随后他又用慈爱的大手把火压灭。他的确没有生气，因为他晓得，我们共同在为根除我的猿猴本性而不懈斗争，特别对我，更是任重道远。

有一天晚上，好像是什么节庆日，留声机里传来阵阵歌声，一个当官的在人群中来回踱着步子，我趁没有人注意的时候，拎起一只人们无意中放在铁笼子跟前的烧酒瓶子。就在这时，人们的目光果然被我吸引了，他们用一种颇有兴趣的眼神期许能在我身上看到些什么新奇的表现，我在众目之下十分老练地打开瓶塞，然后毫不犹豫地把酒瓶举到唇边，眉不皱、嘴不歪，瞪大眼珠，放开喉咙，活脱脱一个喝酒老手，我就这样一口气把一瓶酒喝了个底朝天。这一举动对于老师和我来说是一个多么了不起的胜利啊！紧接着，我就像个艺术家，把酒瓶一扔，而不再是那个绝望者。这一次我虽然忘了摸肚子，却做了件更漂亮的事情，由于力量的推动，意志的轰鸣，我竟发出了一声属于人类的清脆而又准确的"哈罗！"就是这声呼喊使我跃进了人类的行列，随之也得到了人类的回应，"听啊，他说话了！"我顿时感到，这回声像一个亲吻瞬间传遍我大汗淋漓的身体。

我再申一遍，模仿人类对我来说并无丝毫的吸引力，我模仿他们的目的只是寻找一条出路而已。就说刚刚取得的胜利也没有太大进展，紧接着我作为人的嗓音又失灵了，直到几个月之后才恢复。从此之后，我对烧酒的厌恶感越发强烈，不过，我的方向从那时起得到了确定。

在汉堡当我被送到第一个驯兽人手里时，我很快便意识到，有两种选择摆在我的面前：要么进动物园，要么进马戏团。我没有任何犹豫地告诉自己，要全力以赴进马戏团，这就是出路。因为我很清楚，动物园只不过是一个新的铁笼子，一旦去到了那里，便意味着我将失去一切。

先生们，我在拼命地学啊！人只有在被迫的情况下，在想寻求出路的时候才会玩命地学习。这种学习是要不惜一切代价的，要用鞭子督促自己，就算有些细微的地方没有做到也会撕心裂肺。就这样，猿猴的天性滚动着离我而去，消失得无影无踪，而我的第一个老师自己却险些变成了猿猴，他不得不放下教鞭被送进一家精神病院，好在没过多久他就出院了。

但我也累垮了很多老师，有几个甚至是同时被我拖垮的。我对自己能力的自信心越来越强，公众见证着我的进步，我的前途可谓一片光明。这个时候我就开始自己聘请老师，我把这些被我聘请来的老师安排在五间相通的房间里，而我则穿梭于各个房间之间同时听他们讲课。

　　渐渐地，我的进步一发不可收拾！知识的光芒从四面八方照进我开化的大脑。我不否认这确实让我感到了幸福，而且我也敢说，我并没有把自己看得太高，当时没有，现在更不会有，我付出了世人不曾有过的努力才获得了欧洲人都具有的一般文化水平。这件事本身说起来简直是微不足道，但对我却是不同寻常，因为正是它帮助我走出铁笼，为我开辟了人生之路。德语有句俗语叫"溜之大吉"，我觉得这俗话说得真是太精彩了，我就是这么做的。在无法选择自由的情况下我也的确没有其他的路可走，能做的只有"溜之大吉"。

　　当我回过头去，看我走过的道路和迄今达到的目标时，我既没有抱怨也没有得意。桌子上放着葡萄酒，我半躺半坐在摇椅中目视窗外，一双手插进裤子的口袋里。有来访者光临，我接待如旧。我的代理人守在外屋的接待室里，我一按铃，他就进来听候吩咐。

　　我几乎每天晚上都有演出，我几乎取得了前所未有的辉煌成就。当我深更半夜从宴会、学术团体、或是愉快的聚会中回到家时，总有一只半驯化的小母猩猩在等着我，这时，我便又可以如猿猴一般在她身边获得舒心的快乐了。不过，这只是针对晚上，白天我可不愿见她，因为从她眼睛里流露出一种半驯化野兽特有的不知所措的凶光，这只有我才看得出来，这一点令我我无法忍受。

　　总体说来，我达到了我想要达到的目标。所以，我所付出的努力不能说是无价值的。此外，我并不想让某些人对我所做的种种作出某种评判，我只是想传播知识，在这里，我仅仅是作了个报告，就这么简单，对你们——尊贵的科学院的先生们，我也只能如是回复。

猎人格拉库斯

　　码头的墙上，有两个男孩坐在上面掷骰子玩。那尊挥舞着战刀的英雄投下的阴影里，有一男子坐在纪念碑的台阶上在看报。井边有位姑娘正在往她的大木桶里灌水。一个水果商躺在他的货物旁，两眼望着湖面。透过门窗上无遮无掩的洞，可以看到小酒馆深处有两个男人在喝葡萄酒。店主坐在前面的一张桌子边打瞌睡。一只平底船仿佛被托在水面上，悄然飘进这个小港。一个穿蓝色套衫的男人跳上岸，将缆绳套进铁环。另有两个男人身着缀着银纽扣的深色外套，抬着一副尸架出现在水手身后，尸架上那块带鲜花图案和流苏的大丝单下面，分明躺着一个人。

码头上谁也不关心这些刚抵达的人，甚至当他们放下尸架等候还忙着系缆绳的船长时，也没人走近他们，谁也不问他们问题，谁也不仔细打量他们。

这时甲板上出现了一个头发松散怀抱孩子的女人，船长因为她又耽误了一阵儿。后来他过来了，他朝笔直竖在右手水边的一栋两层黄楼一指，抬尸架的人便抬起尸架，穿过了那道低矮但却是由细柱子构成的大门。一个小男孩打开了一扇窗户，正好看到这队人消失在那栋房子里，他又赶紧关上了窗户。连大门现在也关上了，它是用深色橡木精心装修的。在此之前，一群鸽子一直在围着钟楼飞，现在它们落在了那栋楼房前面。仿佛它们的食物存放在屋里，鸽子全挤在大门口。一只鸽子飞上二楼，啄着窗户玻璃。这些浅色羽毛的动物机灵活泼，养得很好。那女人兴冲冲地从甲板上朝它们抛撒着谷粒。它们啄起谷粒，然后朝女人那边飞去。

有好几条又窄又陡的小巷通向港口，一个头戴大礼帽臂戴黑纱的男人顺着其中的一条走了下来。他细心打量着四周，什么他都操心，看到一个角落里堆放的垃圾，他的脸都变了样儿。纪念碑的台阶上扔着些水果皮，他路过时顺手用手杖把它们挑了下去。他敲了敲房门，同时摘下大礼帽拿在戴着黑手套的右手里。门立刻开了，大约五十个小男孩在长长的走廊里夹道而立，行着鞠躬礼。

　　船长从楼梯走下来迎接这位先生，领着他上楼。到了二楼，他带着他绕过一个由简单小巧的敞廊围成的院子。孩子们敬畏地隔着一段距离拥在后面，他俩却走进了顶后头的一间凉爽的大厅，这栋房子对面再没有别的房子，只能看到一堵光秃秃的灰黑色岩壁。抬尸架的人正忙着在尸架上首摆放几支长蜡烛并点燃它们。然而这并没有带来亮光，只有酣睡的黑影被惊醒了，摇着晃着跳上四壁。丝绸单子已从尸架上揭开。一个男人躺在那里，头发胡须乱成一团，肤色黝黑，看样子是个猎人。他躺着一动不动，双眼紧闭，好像不喘气了。

　　就算这样，也只有周围的环境可以表明，他可能是个死人。

　　那位先生走向尸架，将一只手放在躺在那里的人的额头上，然后双膝跪下祈祷起来。船长示意抬尸架的人离开这间屋子，他们走出去，赶开聚在门外的小男孩，然后关上了门。可那位先生似乎觉得这种寂静还是不够，他望着船长，船长明白了他的意思，从一个侧门走进了隔壁房间。尸架上的人立刻睁开了眼睛，露着痛苦的微笑将脸转向那位先生说：

　　"你是谁？"

跪着的先生并不惊奇地站起来答道："里瓦市长。"

尸架上的人点了点头，软弱无力地伸出胳膊指着一把扶手椅，待市长顺从他的邀请坐到椅子上后，他说：

"这我以前知道，市长先生，可我总是立刻就把一切忘得干干净净，一切都在和我兜圈子。最好还是由我来问，尽管什么我都知道。您大概也知道，我是猎人格拉库斯。"

"毫无疑问，"市长说，"关于您的事是昨天夜里告诉我的。当时我们早已睡下。午夜时分我妻子喊道：'萨尔瓦托尔'——这是我的名字——'快看窗边的那只鸽子！'那的确是只鸽子，不过大得像只公鸡。它飞到我耳边说：'已故猎人格拉库斯明天要来，请以本市的名义接待他。'"

猎人点了点头，舌尖在双唇间快速地闪现了一下："是的，那些鸽子是在我之前飞来的。不过市长先生，您认为我该留在里瓦吗？"

"这我还说不上来。"市长回答说。

"您死了吗？"

"不错，"猎人说，"正像您是一个所看到的。那还是很多年以前，不过这很多年肯定是个大数目，在黑森林，那是在德国，在追一只岩羊时，我从一块岩石上摔了下来。从那时起我就死了。"

"可您也还活着。"市长说。

"在某种程度上，"猎人说，"在某种程度上说我也还活着。我的死亡之舟行错了航线，一次错误的转舵，船长走神的那一瞬，我那美丽的故乡的吸引力，我不知道那到底是什么，我只知道，我依旧留在这世上，我那小舟从此就行驶在尘世的水域里。我就这样漫游着，本来只想住在自己山里的我，死后却遍游世间各国。"

"您有一半在那个世界上吧？"市长皱起眉头问。

猎人答道："我总是在一个通往高处的巨型台阶上。在这广阔无涯的露台阶上，我到处游荡，一会儿在上边，一会儿在下边，一会儿在右边，一会儿在左边，永远处在运动之中。这时的猎人已经变成一只蝴蝶。您别笑。"

"我没笑。"市长辩解说。

"非常明智。"猎人说，"我总是处在运动中。可就在我最振奋时，就在高处那座大门已经朝我闪闪发光时，我却在我那只寂寞地滞留在尘世某一水域里的旧船上醒了过来。当年我死亡时犯下的原则性错误在船舱里不住在嘲笑我。尤莉亚，就是船长的妻子，敲了敲门，将早晨的饮料给我送到尸架旁，那是我们正沿其海岸航行的那个国家早晨用的饮料。

"我躺在一块木板上——观赏我可不是一种享受，身穿一件肮脏的尸衣，灰白色的头发胡子乱得梳都梳不开，腿上盖着一块带花卉图案和长流苏的披巾。靠头这边竖着根教堂里用的蜡烛照着我。我对面墙上有幅小画，画的显然是一个布须曼人（非洲南部的土著人），他用一根投枪瞄着我，并尽量隐蔽在一块画得极美的盾牌后面。乘船时人们总会碰到一些愚蠢的画，而这幅则是最愚蠢的之一。除此之外，我那木笼子里空空荡荡。侧面的一个舱口吹进温暖的夜南风，我听见浪花在拍打着那条破旧的平底船。

"前猎人格拉库斯在故乡黑森林追猎一只岩羊时摔了下来，打那以后我就一直躺在这上面。整个过程有条不紊。我追猎，失身摔下去，在一个山谷里流尽了血，成了死人，那条平底船本该将我送往冥界。我还记得，第一次在这块木板上伸展四肢时我有多么高兴。当时还朦朦胧胧的四壁听我唱的那种歌，故乡的群山从未听过。

"我活得愉快，死得高兴。踏上小船之前，我终于抛掉了那可恶的小盒子、口袋和猎枪，以前我总是自豪地带着它们。我迅速套上尸衣，就像一个姑娘穿她的嫁衣。我躺在这上面等着，后来就发生了那件不幸的事。"

"可真倒霉。"市长像是抵挡着什么抬起手说，"对此您就没有一点过失？"

"没有。"猎人说，"我曾是个猎人，这能算一种过失？我是黑森林的猎人，当时那里还有狼。我潜伏起来，开枪射击，击中猎物，剥下猎物的皮，这也算一种过失？我做这些是受过祝福的。'黑森林伟大的猎手'就是我。这也是一种过失？"

"我没资格就此做出决断，"市长说，"不过我觉得过失不在于此。可到底是谁的过失呢？"

"是那个水手的。"猎人说，"谁也不会看到我将在这里写下的东西，没有人会来帮助我。假若帮助我成了一项任务，那么所有房子的所有门窗都将紧紧关闭，所有的人都将躺在床上，用被子蒙住头，一家夜间客栈即是整个世界。这样倒好了，因为谁也不会知道我，即使知道我也不会知道我的逗留地，即使知道我的逗留地，他们也知道不可能将我留在那里，他们不知道如何帮助我。要帮助我的想法是一种病，必须治愈才能下床。"

"对这些我一清二楚，因此我从不呼喊别人来救我，尽管我在某些无法自制的时候非常想这样做，比如现在。然而只要我环顾一下四周，具体想象一下我现在所呆的地方，几百年来一直居住的地方——大概我可以这样说——恐怕就足以打消这个念头了。"

"非同寻常，"市长说，"非同寻常。……您打算留在我们里瓦吗?"

"不想留。"猎人微笑着说。为了冲淡嘲讽的味道，他将手放在市长的膝头上。

"我现在在这里，除此之外我什么也不知道，除此之外我什么也不能做。我的小船没有舵，它靠从冥界最深的地方吹来的风行驶。"

乡村医生

我陷于极大的窘境：我必须立刻启程到十里之外的一个村子看望一位重病人，但狂风大雪阻塞了我与他之间的茫茫原野。我有一辆马车，轻便，大轮子，很适合在我们乡间道路上行驶。我穿上皮大衣，提上出诊包，站在院子里准备启程，但是，没有马，马没有啦，我自己的马在昨天严寒的冬夜里劳累过度而死了。

现在我的女佣正满村子里跑东跑西，她想为我借到一匹马，不过我知道这纯属徒劳。雪越积越厚，行走越来越困难，我茫然地站在那里。这时那姑娘出现在门口，独自一人，摇晃着马灯。当然，有谁在这种时候会借他的马给别人跑这差事？我又在院子里踱来踱去，不知所措。我心烦意乱，苦恼不堪，用脚踢了一下那已经多年不用的猪圈的破门。

门轻易就被我踢开了，摆来摆去拍得门枢啪啪直响。一股热气和类似马的气味扑面而来，里面一根绳子上一盏厩灯晃来晃去；低矮的棚圈里有个人蜷曲蹲在那里，脸上睁着一双蓝眼睛。他匍匐着爬过来，问道："要我套马吗？"我不知道该说什么，只是弯下腰，想看看这圈里还有没有其他什么东西。女佣站在我身旁，说道："人们都不知道自己家里有什么东西。"我们两个都笑了。

"喂，兄弟！喂，姑娘！"马夫喊着，于是两匹健壮的骠马相拥而现，它们的腿紧贴着身体，漂亮的马头像骆驼一样低垂着，仅靠着躯体运动的力量从与它们差不多大小的门洞里一匹跟着一匹挤了出来，但马上它们都站直了，长长的四肢，浑身散发着热气。"去帮帮他，"我说，听话的女佣便急忙过去给马夫递挽具。可是，不等她走近，马夫就抱住了她，把脸贴向她的脸。她惊叫起来，跑到我身边，脸颊上深深地留下两道红红的牙印。

"畜生！"我愤怒地喊道："你想挨鞭子吗？"但转念又想，他是个陌生人，我不知道他从哪里来，而且在大家拒绝我的时候自愿来帮助我。他好像知道我在想什么，所以并不计较我的威胁，只是向我转了一下身体，手里不停地套着马车。

"上车吧。"他说。一点不假，一切已准备就绪。我发现这套马车非常漂亮，我还从来没坐过这么漂亮的马车呢。

我高兴地上了车，说道："不过，车我来驾，因为你不认识路。"

"那当然，"他说，"我压根就不跟你去，我留在罗莎这里。"

"不！"罗莎直喊，然后，预感到无法逃避的厄运的降临，跑进屋里。随后，我听到她拴上门链发出的叮当响声，又听见锁子被锁上；我看见她还关掉了走廊的灯，又迅速穿过好几个房间，关灭了所有的灯，以使自己不被人找见。

"你跟我一起走，"我对马夫说，"不然我就不去了，不管多么急迫，我都不能想象为了这次出行所付出的代价竟然是把那姑娘送给你。"

"驾！"他吆喝一声，又拍拍手，顿时，马车就像激流之中的木块一样奔出。我听到马夫冲进我家里时屋门震裂的声音，然后，我的眼睛、耳朵以及所有感官只觉得一阵呼啸风驰电掣般掠过，但这瞬间即逝，因为，那病人家的院子就好像紧挨着我家的院门，我已经到达了。

马儿静静地站在那儿，雪也不下了，只有月光撒满大地。病人的父母急匆匆迎出来，后面跟着他姐姐。我几乎是被从车里抬出来的。他们七嘴八舌，而我却不知所云。病人房间里空气污浊，令人无法呼吸，废旧的炉子冒着烟。我想推开窗户，但首先我要看看病人。他消瘦、不发烧、不冷、也不热，两眼无神。小伙子没穿衬衣，盖着羽绒被。他坐起身来，抱住我的脖子，对着我的耳朵悄声说道："医生，让我死吧。"

我端量了一下四周，发现根本没人听见这话。病人的父母还是弓着身子呆站在一旁，等候着我的诊断。他姐姐搬来一把椅子让我放下诊包。我打开包，寻找工具。小伙子不断地从被窝里向我爬过来，提醒我别忘了他的请求。我抓出一把镊子，在烛光下试了试，然后又放回去。"是啊，"我渎神地想："在这种情况下众神相助，送来了需要的马匹，又因为事情紧迫而送来第二匹，更甚者，还送来了马夫——"这时，我才又想起了罗莎，现在我离她有十里之遥，而拉车的马匹现在又无法驾驭，在这种情况下，我怎样才能救她，怎样才能把她从马夫身下拉出来呢？现在，那两匹马不知怎么已经松开了缰绳，又不知怎么把窗户从外边顶开了，每匹都把头伸进一扇窗户，不受那家人的干扰，观察着病人。

"我要立刻返回去。"我想，好像马儿也在催我动身。但我却任凭他姐姐脱掉我的皮大衣，她以为我热得有些头昏脑涨。老人则给我端来一杯朗姆酒，并拍了拍我的肩膀。老人献出自己心爱的东西表明他对我的信任。我摇了摇头，在老人狭隘的思想里我感到不适，基于这个原因，我拒绝喝那杯酒。病人的母亲站在床边叫我过去，我走过去，把头贴在小伙子胸口上，他在我潮湿的胡须下颤抖起来。那边，一匹马对着屋顶大声嘶叫。我知道的事已被证实：小伙子是健康的，只不过是有点供血不足，他那忧心忡忡的母亲给他喝了过多的咖啡。但事实上他却是健康的，现在最好的做法就是干脆把他从床上赶下来。只不过我并不是救世主，所以还是让他继续躺着吧。

说到我，我供职于区上，忠于职守，甚至于过分；我薪俸微薄，但却慷慨大方，乐于帮助穷人，另外，我还要负担罗莎的生活。如此看来，小伙子也许是对的，我也想去死。在这漫长的冬日里，我在这里干什么呀！我的马死了，而且村子里又没人借给我一匹。我得从猪圈里拉出马来，如果不是意外得马，我就要用猪拉车了。事情就是这样。我向这家人点点头。他们对此一无所知，即使知道，他们也不会相信的。开个药方是轻而易举的，但是与这些人互相交流沟通，却是件难事。现在，我的探诊也该结束了。人们又一次让我白跑一趟，对此，我已习惯了。

原本，这个区的人总是在夜里来按门铃，已经让我备受折磨，可这次竟然还要搭上罗莎。这个漂亮的姑娘，多年来生活在我家里而没有得到我多少关心——这个代价太大了。我必须马上认真考虑一下，以克制自己，不致对这家人发火，虽然他们不管怎样也不会把罗莎还给我。但当我收拾起诊包，把手伸向我的皮大衣时，这家人站在一起，那位父亲低头嗅了嗅手里那杯朗姆酒，母亲可能对我深感失望——是啊，大家到底想要什么呢？——她满眼泪水，紧咬嘴唇；他姐姐摆弄着一块血迹斑斑的手帕，碍于这一家人的表现，我做了个决定，打算在必要的时候承认这小伙子也许真的病了。

我向病人走过去，他对我微笑着，好像我给他端来了最美味的汤——啊，这时两匹马都叫了起来，这叫声一定有所用意，用以帮助我检查病人——而这时我发现：的确，这小伙子是病了。在他身体右侧靠近臀部的地方发现了一个手掌大小的伤口，玫瑰红色，有许多暗点，深处呈黑色，周边泛浅，如同嫩软的颗粒，不均匀地出现淤血，像露天煤矿一样张开着。这是远看的情况，近看则更为严重。谁会见此而不惊叫呢？在伤口的深处，有许多和我小手指一样大小的虫蛹，身体紫红，同时又沾满血污，它们正用白色的小头和无数小腿蠕动着爬向亮处。可怜的小伙子，你已经无可救药。我找到了你硕大的伤口，正是你身上这朵花将你送向死亡。

这家人看到我忙碌的样子都很高兴，姐姐把这情况告诉母亲，母亲告诉父亲，父亲又告诉一些客人。这些人正踮着脚尖，张开双臂以保持平衡，从月光下走进敞开的门。"你会救我吗？"小伙子如泣如诉地悄声问我，伤口中蠕动的生命弄得他头晕目眩。我们这里的人就是这样，总是向医生要求不可能的事情。他们已经丧失了旧有的信仰，牧师闲居家中，一件接着一件撕烂他们的法衣，而却要求医生妙手回春，拯救万物。那么，随他们的便吧：我并非不请自到，如果你们要我担任圣职，我也就只得顺从。我一个年迈的乡村医生，女佣被人抢去了，我还能企望什么更好的事情呢！此时，这家人以及村子里的老者一齐走过来脱掉了我的衣服；一个学生合唱队在老师的带领下站在屋前，用极简单的声调唱着这样的歌词：

"脱掉他的衣，他就能医，

若他不医，就置他于死地！

他只是个医生，他只是个医生。"

然后，我被脱光了衣服，用手指捋着胡子，侧头静观着众人。我镇定自若，胜过所有的人，尽管我孤立无援，被他们抱住头、抓住脚、按倒在床上，但我仍然这样的从容。他们把我面向墙放下，紧挨着病人的伤口，然后，他们都退出小屋，并关上了门；歌声也戛然而止。

此时，阴云遮住了月亮，暖暖的被子裹着我，马头在窗洞里忽隐忽现地晃动着。

"你知道，"我听见有人在耳边说，"我对你缺乏信任，你也不过是在某个地方被人抛弃了而不能自救。你没有帮我，反倒使我的病榻更小。我恨不得把你的眼睛挖出来。"

"不错，"我说，"这是一种耻辱。但我现在是个医生，你要我怎样呢？相信我，事情对我也不容易。"

"难道这样的道歉就会使我满足吗？哎，也许我只能这样，我一向都很知足。带着一个美丽的伤口我来到人世，这是我的全部嫁妆。"

"年轻的朋友，"我说道，"你的缺点是不能总揽全局。我这个人去过附近所有的病房，我告诉你，你的伤并不那么可怕。伤口比较深，是被斧子砍了两下所致。许多人将半个身子置于树林中，却几乎听不到林中斧子的声音，更不用说斧子向他们逼近。"

"事情真是这样吗？还是你趁我发烧在欺骗我？"

"确实如此。我用医生的名誉担保。"他相信了，安静下来不再作声。然而，现在是我考虑自我解救的时候了。马匹依然忠实地站在原位，我很快收集起衣服、皮大衣和出诊包，也顾不上去穿衣服。马儿如果还像来时那样神速，那么在某种程度上我就是从这张床上一下就跳上我的床。一匹马驯服地把头从窗户中退回去。我把我那包东西扔进车里，皮大衣丢得好远，只一个袖子紧紧挂在一个钩子上。

这样就够啦。我飞身骑上马。缰绳松弛下来，马匹也没有互相套在一起，而马车则晃晃悠悠地跟在后面，再后面皮大衣也拖在雪地里。

"驾！"我大声喝道，但是马并没有奔驰起来，我们像老人一般慢慢地驶过雪原，耳后久久地回响着孩子们那新而谬误的歌："欢乐吧，病人门，医生已被放倒在你们的床上！"

我从来没有像今天这样走进过家门。我丢掉了前途无量的行医工作，一个后继者抢走了它。但就算这样也无济于事，因为他根本无法取代我。在我家里那可憎的马夫正在施行暴虐，罗莎是他的牺牲品。我不忍再往下想。在这最不幸时代的严冬里，我一个老人赤身裸体，坐在人间的车子上，却驾着一匹不是人间的马，四处奔波，饱受严寒的折磨。我的皮大衣挂在马车后面，而我却够不着它，那群手脚灵活的病人呢，也不肯动一动指头帮我一把。我上当了！上当了！只要被夜间的铃声捉弄一次——将是永远无法挽回的灾难。

小女人

　　有一个小女人，生就一副苗条的身材，可不知为什么，她还是把自己的胸束得很紧。我看见她总是穿着同一条连衣裙，布料的颜色看上去灰不灰黄不黄的，和木头的颜色有几分相像；裙子上还挂着几个缨穗或者是扣子形状和颜色相同的装饰物。她似乎不喜欢戴帽子，一头失去光泽的金发整齐而又很蓬松地披在肩上。虽然她紧束着胸，不过她的动作还是那么轻盈敏捷，自然，她对于自己的这种灵活性有些故意夸大，因为她总爱把双手叉在腰间，然后上身猛地一下转向侧面。倘若要我描述她的手给我的印象的话，那么我只能说，我还从未见过这么一双白皙修长、手指界线又如此分明的手，只是，她的手绝对没有任何可供人体研究的奇特之处，这完全是一双再普通不过的手。

这个小女人对我极为不满，总是对我多有埋怨，总觉得我待她不公平，并且时时处处惹她生气。如果人们能把生命划分成若干个最细小的部分，并对它们分别进行评判，那么，我生命的每个细小部分对她而言都意味着烦恼和不快。

我常常会这样思考，她为什么会感到我在气她，可能是因为我身上的每个细胞都与她的美感、正义意识、传统习惯以及她的期望格格不入。在这个世上，人们本来就存在着相互对立的本能，可是她究竟为什么要遭受这样的痛苦？我们之间根本就不存在因为我而令她痛苦的这层关系，她原本是可以把我看作一个陌路人的，而事实上我本来就是。而且我对她把我当作一个陌生人的决定不但不会反对，反而会双手赞同，是的，我觉得这是对我们两个人都有益处的法子，她只需做出决定，忘掉我的存在即可。

实话说，在过去的时光中，我从来没有强迫她接受我的存在，而且今后我也不会这样做，如此一来，一切痛苦不就消失得无影无踪了吗？在这种时候，我会全然不考虑个人得失，也不会计较她的所作所为的。自然我得承认，这个解决方法会使我难受，我之所以不在乎这些，是因为我知道我的不快与她的痛苦相比不足挂齿，况且我很楚，这不是爱的痛苦。她绝对没有兴趣把我改造好一些，而同时她指责我的所有不是也不会影响我的进步。可是，我的进步似乎又和她没有关系，她关心的只是她自己的利益，只想着为我给她带来的痛苦复仇以及阻止今后威胁她的痛苦。有一次，我试图向她暗示，怎样才能用一种最好的方法结束这没完没了的烦恼，可恰恰就是这个暗示，使得她陷入了感情冲动之中，以至于我打消了再次尝试的念头。

当然，对此我也承担着一定的责任（假如人们要这样想），因为就算这个小女人对于我来说十分陌生，而且我们之间存在的唯一关系就是我给她造成的烦恼，或者更确切地说是她让我造成的烦恼，但是，如果她的健康因为这些烦恼而受到损害，我似乎不该置之不理的。尤其是，经常有消息传到我耳朵里（近来越来越多），说她早晨起来脸色苍白，说她失眠过度、头痛难忍，说她几乎丧失了工作能力等等，并且她的家人为了她的身体状况忧虑不安，大家不断猜测她身体不好的原因，可是总是徒劳无果。

总的说来，她有这些状况的原因只有我一个人知道，那就是旧的烦恼和新的不快。我当然不会替她的家人分忧。她那么坚韧刚强，既然她有能耐生气，大概她也就能克服生气带来的后果。有时候我甚至怀疑，她表现的痛苦是在装模作样，至少有一半是这样，她的目的就是想以这种方式引起世人对我的怀疑。

坦率地说，她自豪的可能就是如何以我的存在折磨她。所以在我看来，她不会向他人求援，因为她会觉得求援这件事本身就是对自己莫大的耻辱。她只是出于厌恶——一种持续不断的、一直驱使她的厌恶同我打着交道。把这种不体面的事情说给大家听，她会感到害臊；但是对此完全沉默，就这么一直生活在永无休止的压力之下，她又实在无法忍受。于是，她以女人们特有的聪明试图选择一种折中的方法：她默不作声，只是想通过一种不太容易察觉的痛苦的表情把事情推向公众法庭。可能她甚至会怀有这样一种期望：如果公众把全部目光都集中到我身上，这样就能引起社会对我的公愤，而社会将会用它巨大的威慑手段对我又快又狠地做出最终判决，这种判决比起她那微不足道的个人烦恼真是有过之而无不及。之后，她将"收兵回营"，大松一口气，对我的遭遇置之不理。

假如她真会生出上面的这种想法，那她可就大错特错了。公众不会接受她所扮演的角色，就算大家用最大倍数的放大镜，从我身上也找不出可以一直那么指责的毛病，我不是她所想象的那种无用之辈，当然，我无意炫耀自己，更不想在这件事情上自吹自擂。可以试想一下，如果我不是有特殊用途的大好人，那么我也不会引人注目。只有在她眼里，在她那双眼白几乎泛光的眼睛里我才是个窝囊废，所以，她根本没有任何依据说服任何人去相信她那一套。那么，我自己呢，我能在这一点上无动于衷吗？不，当然不能！因为说不定这事哪天确实被张扬出去，说她得病是我的行为所致，另外，说不定还有几个传播消息最起劲的"密探"正准备洞察一切，或者他们最少也会装腔作势，表现出他们已经明察秋毫的样子。这时世人就会来质问我，为什么我本性难移地折磨这个小女人，我是不是存心要置她于死地，我什么时候才能理智一些怀着一种和常人一样的同情心来停止我对她的所作所为？如果世人这样问我，到那时我真的很难回答，我难道能说，我并不太相信她真的得了病，这样说会不会给人造成一种开脱罪责、指摘他人的坏印象呢？并且还是用这种十分愚蠢的方式？

另外，我可以完全坦率地说，我就是没有同情心（哪怕我相信她是真的有病），因为这个女人我从来就不认识，而且存在于我们之间的关系只是由她单方面制造的，仅仅是她的一厢情愿而已。我不想说，人们会不相信我的话，确切地说，人们是半信半疑，因为他们根本顾不上考虑这些事情，他们感兴趣的只是我的答复——有关一个柔弱多病女人的答复。这样一来，好像对我就有些微的不利了。

　　所以，无论我怎样回答，人们的庸俗将会强硬地妨碍我在某种情况下，比如我在目前所处的情况下，要避免和那个女人之间存在爱情关系的嫌疑，尽管这种关系显而易见根本就不会存在。假如我们之间存在爱情关系，而且还是由于我产生的，那么，对于这个小女人判断事物的非凡能力以及进一步完成此事的锲而不舍的精神我深感钦佩；再假设她上述优点没有增加我的苦恼，那我就更会对她佩服得五体投地。然而事实是，她身上绝对没有一丝对我友好的迹象，在这一点上她是坦诚的，而这也寄托着我最后的希望。倘若要人相信我们之间有爱情关系是她的战略计划，那么她在去做这件事的时候就很难掌握好收放的尺度，可她一次也没有做。但是，对于这一事件，过于迟钝的公众却会固执己见，始终会作出指责我的决定。

　　如此看来，我能做的事只能是趁着世人还没有来得及插手这件事时尽量改变自己，我虽然做不到彻底去掉她的烦恼（这绝不可能），但我可以想尽办法来减轻她的烦恼。我确实常常问自己，是不是我的现状是让我心满意足的，以至于我根本不想做出任何改变；假如我自己不作努力，是不是我身上就不会发生任何的改变。我想改变自己，并不是觉得自己有改变的必要，而只是为了使这个女人能够平静下来，我真的有过这种尝试，是十分真诚的，不是那种轻轻松松、漫不经心的，这一行为使我感到了一种满足，几乎可以说是开心。随后，某些改变出现了，而且很明显，我无需提醒她注意这些改变，这类东西她发现得比我还要早，她仿佛能觉察到我骨子里的意思。

遗憾的是，我的努力是徒劳的。怎么可能有效果呢？现在我算看清楚了，她对我的不满是根深蒂固的，任何东西也无法消除这种她对我的这种不满，就是我死了她的不满也不会平息，甚至她听到我自杀的消息后依旧会愤怒和不满。现在，我无法想象，她——这个感觉敏锐的女人——为什么不能像我一样，真正意识到她努力的无望、我的无辜以及我甚至尽了最大心愿满足她要求的那种无能。她一定意识到了这些，但是作为斗志旺盛的人，她把一切都忘记在斗争的狂热之中。我可悲的特性（与生而来的，我无法选择）就在于我想对失去感情控制的人低声提醒他们注意，以这种方式我们自然永远也不会取得相互理解。每当我在幸福的清晨迈出家门时，总会看到这张因为我而愁眉苦脸的面孔，她闷闷不乐地撅着嘴，用一种审视的、而且在考试之前就能看出结果的目光瞟我一眼，就算任何一种最容易消失的东西也逃不过这一瞥，她面颊上带着少女般苦涩的微笑，一双控诉的眼睛仰望天空，为了稳住身子，她双手叉向腰部，紧接着，在一种酝酿着的盛怒中她的脸色变得苍白，并且浑身开始颤抖。

前些日子，我第一次向一个好朋友暗示了这件事（连我自己都感到惊讶），只是轻描淡写，随便说说而已，为了向外界表明这件事情对我微不足道，我对自己苦恼的真相一个字都没提。然而令我深感意外的是，对于我所讲的这些，这位朋友并未敷衍了事地一听了之，他甚至还从自己的角度强调了这件事的重要性，说得特别认真并且坚持自己的看法；而更加令我诧异的是，尽管如此他还是在重要的一点上低估了这件事本身，因为他很郑重地向我建议最好是外出旅行一趟。他的建议比任何一种建议都更缺乏理智。事情虽然简单，每一个接近它的人都能看清是怎么回事，但是，它们也并不是简单到能够通过我的离开而得到全部解决，哪怕是最重要的部分。恰恰相反，我不能离开。我如果要实施任何一项计划，那么这项计划无论如何要将这件事情保留在截至目前狭小的、外界尚未介入的范围之内，这项计划能使我无论在哪里都得到安宁，阻止发生大的、由于这件事而引起的惊动视听的变化，它当然也包括我不向任何人谈论此事。可是这一切并不是因为它是什么阴险的密谋，而是因为它是一件纯粹属于个人并且毕竟容易承受的小事情，而且这件事情应该继续存在。从这层意义上讲，那位朋友的忠告并非无益，他虽然没有教授给我新的东西，但却坚定了我的基本看法。

仔细思考不难看出，那种随着时间的推移发生的变化并不是事情本身的变化，而是我对事情认识的进一步发展，这种认识一部分变得更为冷静，更具有男人的自信与理智，更接近事物的本质；而另一部分则表现为在某种程度上的焦躁不安，这是由于持续不断的情绪波动的影响，虽然这种波动相当微弱，但还是无法克服。

我在这件事情面前将更加镇定，因为我相信某种裁决还不会到来，尽管有时让人感到它似乎就在眼前。人们往往喜欢过高估计各种裁决降临的速度，年轻人尤其如此。每当我的小女法官被我的目光弄得虚弱不堪，斜坐在安乐椅上，一只手抓着安乐椅的靠背，另一只手摆弄着她的紧身胸衣，愤怒和绝望的泪水布满面颊时，我就总想，现在是裁决到来的时候了，我会马上被唤"出庭"，为自己辩护。

可是，没有裁决，也没有辩护。女人们太容易受到刺激，而世人却没有时间去注意这一切，这些年来究竟都发生了什么事？除了时多时少重复这些事情外一无所有，并且这类事情越来越多。有些人只要能找到机会总是爱在这类事情周围游来荡去，乐于参与，可是他们什么机会也找不到，至今只是依赖于嗅觉，嗅觉虽然足够使它们的占有者忙来忙去，却没有其他用途，可是这种现象一直存在。总有那么一些游手好闲之徒和无所事事之辈以狡猾之极的方式（他们最爱用的手段是通过亲属）为他们凑近他人的事情辩解，他们总是暗中窥探，满鼻子里全是嗅觉，然而结果只是一无所获。但是所不同的是，我渐渐认清了他们，能辨别他们的面孔。

以前我认为，他们逐渐从各处聚到一起，事态的规模会扩大，从而使得裁决自然产生；今天我才得知，一切历来就已存在，同裁决的到来很少相关或根本无关。至于裁决，我为什么要给它取上这么一个不同寻常的名字？倘若有朝一日——绝对不是明天、后天，或许永远也不会——公众介入此事（其实这件事跟他们并不相干，我一直会这么说），那么，我虽然不会免受伤害地脱离诉讼，但是人们肯定也会注意到，我并不是没有得到社会的承认，我一向生活在公众的监督之下，充满自信并且赢得了信任。鉴于此，我顺便提一下，这个事后出现的痛苦的小女人充其量只能在别人的奖状上添上几个蹩脚的辞藻，而我则会被公众视为奖状上值得人们尊敬的一员；或者某个不同于我的人早会把这个小女人看作是一个专爱纠缠别人的讨厌女人，并且用他的皮靴把这个女人踩得粉碎，而这在公众当中也不会引起反响。这就是事态的现状，我没有理由感到不安。

随着年龄的增长，我变得有点心神不定起来，但是这种现象和事情本身没有关系。长期折磨别人使自己难以忍受，即使自己知道她如此生气毫无根据。我变得更加焦躁，开始在一定程度上用躯体窥视等待裁决，尽管从理智上我不相信裁决会到来。部分说来，这也是衰老的征兆，青年人把一切都装扮得漂亮美丽，丑陋的东西消失在他们无穷力量的源泉之中。可能某个人在年轻的时候曾有过窥视等待的目光，而他对此不以为然，没有人发现这种目光，甚至连他自己也未察觉。然而，岁月流逝，留给老人的仅仅是部分残余，每一部分都很必要，每一部分都不会更新并处在人们的监视之下，一个走向衰老的男人的窥视等待的目光才是真正的清晰可辨、容易被人发现的窥视等待的目光。然而即使如此，这也并不是真正的事态的恶化。

无论我从任何角度观察，事物的现象总是如此，虽然我用手对这件小事遮遮掩掩，但是我也要始终如一、不受外界干扰地继续我现在的生活，任凭女人狂怒和咆哮。

和醉汉的对话

当我小步走出房门，蓦然发现头顶上是挂着一轮圆月和布满星星的拱形天空；面前是坐落着市政厅、圣母圆柱和教堂的环形广场。

我静静地从阴暗处走到月光下，解开外套的扣子，觉得暖和了。然后抬起双手，让夜间那嗖嗖呼啸的风停下来，并开始思考：

这究竟是怎么回事？你们做得好像跟真的一样。是不是你们试图劝说我相信自己不真实，莫名其妙地站在这绿色的石子路上？但是很久以来，你确实是真实的，是你，天空；
而你，环行广场，却从没有真实过。

你们总是比我强，这是真的，但是只有在我让你们安静
的时候。

"谢天谢地，月亮，你不再是月亮，也许是我的疏忽，还
把你称为月亮。为什么我把你叫做'被遗忘的奇特色彩的纸
灯笼'时，你不再那样忘乎所以。为什么我叫你'圣母圆柱'
时，你几乎总是要退隐；而圆柱，当我称你'投射黄光的月
亮'时，却不再看到你恐吓的样子。"

当人们思考你们的时候，似乎真的对你们不好，你们勇
气低落，健康受损。

上帝，当思考者向醉汉学习的时候，才该是多么有助于
健康！

为什么万物都变得寂静了，我想，是因为风停了。还有
那些常常像装了小轱辘滑过广场的小房子，也被结结实实地
定住了——寂静——寂静——人们根本看不到往常那条将它
们与地面隔开的细细的黑线。

我开始跑起来。围着大广场跑了三圈，没有任何障碍；

同时由于没有碰到醉汉，我就不减速地、毫不费劲地朝着卡尔大街跑去。我的影子也在跑，它常常要比我小，映在我身边的墙上，如同跑在墙与道德之间的狭路上。

经过消防队时，我听到了从小环行道那边传来的嘈杂声。当我在那儿转弯时，看到一个醉汉站在井的栅栏旁，双臂水平撑着，穿着木拖鞋的脚踩着地。

我先是站了一会儿，好让呼吸平稳下来，然后走向他，摘下头上的大礼帽，自我介绍说：

"晚上好，弱小的贵人，我今年二十三岁，但是还没有名字。您一定来自巴黎这座大城市，并且有着惊人的、动听的名字。您的身上散发着失去平衡的法兰西宫廷的那种完全不自然的气味。"

"您一定用您那双贵族特有的眼睛看到了那些贵妇人，她们已站在了高高的、明亮的平台上，穿着紧身服嘲讽地回头观望，而那在台阶上拖着的彩色长裙的下端还漂浮在花园的沙子上。——不是吗？仆人们身穿灰色的、裁剪奇特的大礼服和白色的裤子，爬上到处可见的长杆，双腿夹着杆子，上身向后侧仰着，他们必须用粗壮的绳子把一块块巨大的灰布从地上拉起来，在空中绷紧，因为贵妇人想看到一个有雾的早晨。"由于他打了个嗝，我近乎惊慌地问："真的，这是真的吗？先生，您来自，来自我们的巴黎，来自那刮狂风的巴黎，那醉人的冰雹天气？"当他又打嗝时，我尴尬地说："我知道，我很荣幸。"

我迅速扣上外衣，然后热情而又谨慎地说：

"我知道，您认为回答我的问题毫无价值，但是，假如今天我不问你的话，我将要过一种痛苦的生活。"

"我求您告诉我，穿着如此讲究的先生，是不是人们给我讲的是真的：在巴黎有些人仅仅穿着装饰漂亮的制服；有些房屋只有大门；夏季的天空整个一片蔚蓝，镶在上面美化它的全是心形的白云。那里是不是有一个珍奇物品陈列馆，参观的人多极了，馆里只有一些挂着小牌子的树，小牌子上写着出了名的英雄、罪犯以及相爱的人的姓名。"

"又是这些消息，明显骗人的消息！"

"巴黎的街道都突然分岔，街上很喧闹，不是吗？不总是一切都井井有条，这怎么能行呢？有一次发生了事故，人们迈着那很少触及地面的大城市的脚步从相邻街道聚集过来。大家虽然都很好奇，却又唯恐失望，他们呼吸加快，向前伸着小脑袋。如果相互碰着了，他们就深深地鞠躬并请求原谅：
'真对不起——我不是故意的——太拥挤了，请您原谅——我
太笨拙了——我承认。我的名字叫——我的名字叫热罗姆·
法罗什，我是卡博丹街的调料小贩——请允许我明天请您吃
晚饭——我的夫人也将非常高兴。'他们就这样说着，街道上
吵得震耳欲聋，烟囱里的烟冒出来，在房屋与房屋之间落下。
事情就是这样。并且或许有这种可能：有一次两辆汽车停在
了贵族区繁华的环行道上，仆人恭恭敬敬地打开车门，八条
纯种西伯利亚狼狗跳了下来，吠着从行车道上奔跑过去。当
时有人说：这些是化了装的、年轻的巴黎时髦人。"

　　他几乎闭上了眼睛。当我沉默时，他把双手塞到嘴里，
用劲拽下巴。他的制服很脏，可能是别人把他从酒馆里撵了
出来，对此他还浑然不知。

　　现在大概是白昼与黑夜交替时极其寂静的暂停。出乎意
料，我们的头都低下了。我们没有觉察到此时一切都静止了，
因为我们什么都不去看，所以一切也就不存在了。当我们弯
曲着身子独自呆着，并四下张望，什么都看不见了，而且也
感受不到风的阻力。但是我们内心却保留着记忆：不远处座
落着带房顶和幸好带有角烟囱的房屋，黑夜通过烟囱进入房
屋，经过阁楼进到各个房间。真幸运，明天又将是一天，在
明天，真是不可思议，人们将可以看到一切。

　　这时，醉汉把眉毛向上挑了一下，眉眼之间闪闪发光，他断断续续地说："是这样——我想睡了——所以我要去睡了。——我有一个内弟在杰克广场——我到那里去了，因为我住在那里，因为那里有我的床。——我现在就去。——我只是不知道他叫什么，住在哪里——我好像给忘了——但是这没有关系，因为我甚至从不知道，我到底是不是有一个内弟——现在我要走了——您相信我会找到他吗？"

　　我毫不犹豫地说："这是肯定的。但是您从外地来，您的仆人又不在身边，请允许我来送您。"

　　他没有回答。这时我把胳膊递给他，如此方便让他挽住。

隔壁

我的生意全凭着我自己一力支撑着。前厅里是两位小姐、打字机和账簿；我的房间里装置也只是写字桌、钱柜、客桌、安乐椅和电话，这就是我生意场所的全部内容，一目了然，又特别容易掌管。我还正年轻，生意滚滚而来。所以，我不抱怨，我不抱怨。

从新年那天开始，一个年轻男子几乎不考虑地租下了隔壁空着的小套房，而我却傻乎乎地犹豫了那么长时间也没租它。那个小套房也是一室一厅，不过另外还有间厨房。正室和前厅我倒是还用得上——我的两位小姐有时已觉得负担过重，可那间厨房我能用来做什么呢？如今让别人占去了这套房子，全怪这一个小小的顾虑。所以，现在坐在那里的是那个年轻的男子。他姓哈拉斯，至于他到底在那里干什么，这我就不知道了。小套房的那扇门上写着："哈拉斯·布雷奥"。

于是我设法打听他做什么，人们告诉我，他做的生意和我一样。谁也不敢直截了当地警告别人别提供贷款，因为这关系到一个奋发向上的年轻人，他的事业也许大有前途。谁也不敢直截了当地出主意贷款，因为就当前来看他好像没有任何财产。事情多数都是这样，当人们一无所知时，通常都是这样答复你的。

有时我会在楼梯上遇到哈拉斯。我觉得他可能总有十万火急的事，所以才总是拘谨地从我身边一晃就过去了，还没等我仔细看看他，他手里已经拿起了办公室的钥匙。几乎是眨眼之间他就已经打开了房门，像只老鼠尾巴似的一闪就进去了。于是，我又站在那块写着"哈拉斯·布雷奥"的牌子面前低声念着，那上面的名字我自己也不知道已经念过多少次了。

这一堵薄得可怜的墙壁总是出卖做事诚实的人，但却对狡诈的人多加庇护。我的电话装在那堵将我和他隔开的墙上。我可只是将它作为特别具有讽刺意义的事实加以强调。即使电话机挂在对面墙上，隔壁照样能听到一切。我已经养成打电话时不提顾客姓名的习惯。不过要从谈话中那些特征明显却又无法避免的措辞中猜出这些名字，当然也不需要多少机灵。有时我惶惶然如芒刺在背，我将耳机捂在耳朵上，踮起脚尖围着电话机蹦来跳去，可这样也防止不了秘密给泄露出去。

自然，我在生意上的抉择因此而变得没有把握，就连我的声音也变得瑟瑟颤抖。我打电话时哈拉斯在干什么？如若我想特别夸张——为了说清什么事，人们不得不经常这样做，那我就可以说：哈拉斯不需要电话，他在用我的，他将他的长沙发移到这扇墙边偷听电话，而我呢，电话铃一响，就得跑向电话，接受顾客的要求，做出至关重要的决定，进行大量的说服——可最要命的是在整个时间内无可奈何地隔着这扇墙向哈拉斯汇报着一切。

有可能他根本就没有等到电话打完，而是一听到可以令他明白这桩生意内容的地方后就站起来，然后按照他的习惯迅速跑遍全城，在我挂上听筒之前，他或许已经抢在我前面下手了。

舵手

"我不是舵手?"我带着怒气大喝一声。

"就你?"一个有着高大魁梧身材的神秘男人问。说完,他还用手轻轻在眼睛上面摸了摸,就像是在驱赶一个梦。

就在刚才,我在深沉的夜色中,凭借着头顶上方的那盏灯所映照出来的昏黄的光把着舵,这个男人走了过来,想把我推到一边。因为我没有退让,他就用脚踏在我的胸口上,慢慢地将我往地下踩。由于我的手一直没有松开舵轮的把手,所以在我倒下来时已经将它完全转了过来。但那人由抓过舵轮将它转了回去，可就在这时，我却被撞开了。不过我很快就明白过来，于是快步跑到朝向水手舱的舱口大声喊道："船员们！伙计们！快点来呀！有个陌生人把我从舵轮边赶走了！"

听到我的呼喊，水手舱的人慢慢腾腾地走来了。于是，舷梯口一个接一个东倒西歪、疲惫困乏的魁梧身影出现了。

"我是舵手吗？"我问。

他们一致点着头，但目光却盯着我身后的那个陌生人。之后，他们站成一个半圆围住了他。

那个陌生人却用命令的口气说："别打扰我！"

陌生人的话音刚落，他们就拥在一起，然后朝我点点头，又从舷梯下去了。这是一群什么样的人呢？他们也在思考吗？也许他们只是趿拉着鞋毫无目的地来这世上走上一遭。

归乡

　　我回来了，我大步跨过厅堂，四下张望着。这是我父亲
的老宅院。宅院的中间是个小水坑，破旧无用的家什堆放得
乱七八糟，把通往顶楼楼梯的路给完全堵住了。一只猫潜伏
在栏杆上。一块破碎的布——那是以前做游戏时缠在一根木
棒上的——在风中高高扬起。

　　我来了。那么谁将来接待我呢？在厨房里等候的那个人
会是谁？烟囱里升起了炊烟，正在煮着晚餐的咖啡。

　　你觉得很神秘吗？你有回家的那种感觉吗？这我不知道，

我非常没有把握。这是我父亲的家，可一件件东西全都冷冰冰地立在那里，好像每件东西都在忙着自己的事情，那些事有一半我已经忘记，有一半我从来就不知道。我对它们有什么用处，我对它们来说又算什么，虽然我是父亲——老庄主的儿子。我不敢去敲厨房的门，只是从远处偷偷地听，只是站在远处偷偷地听，这样我才能避免被当作一个窃听者当场抓住。

因为是从远处偷听，所以我什么也没听到，我只听到一声轻轻的播报时钟的声音，或者那只是我以为自己听到了它，而实际上那是从童年时代传的记忆中传过来的。至于厨房里发生的其他事情，都是坐在那里的人对我保守的秘密。在这门前犹豫的时间越长，人就变得越陌生。如果现在有人打开那扇门问我一些问题，那又将会是怎样的一种情形。我只祈求我自己以后不会像一个想保守自己秘密的人。

法律门前

在法律门前，站着一个门卫。一个农村来的男人走上去请求进入法律之门。但是门卫说，现在还不能允许他进去。那男人想了想，问是否以后可以进去。门卫说："那倒有可能，但现在不行。"看到法律之门像往常一样敞开着，而且门卫也走到一边去了，于是那男人弯下腰，想看看门内的世界。这一切被门卫看见了，就笑着说："如果它那么吸引你，那你倒是试试冲破我的禁锢进去呀，但是请记住，我很强大，而且我只是最小的一个门卫。

每道门都有门卫，而且一个比一个强大，那第三个门卫就连我也不敢看他一眼。"困难如此之大是那农村男人始料未及的，他以为法律之门对任何人在任何时候都是敞开的，但是现在当他仔细观察了那穿着皮大衣的门卫，看见他那尖尖的鼻子、黑而稀疏的鞑靼式的长胡子，就决定还是等下去为好，直到获准进去为止。那门卫递给他一只小板凳，让他在门旁边坐下。

他坐在那里日复一日，年复一年，做了很多尝试想进去，并不厌其烦地请求门卫放行。门卫只是漫不经心地听着，又问他家乡的情况以及许多事情。他这样不痛不痒地提问着，俨然一个大人物似的，而最后却总是说还不能允许他进去。那男人为这次旅行做了充分的准备，现在他用一切值钱的东西来贿赂门卫。门卫虽然接受了所有贿赂，但却说："我接受礼物只是为了使你不致产生失去了什么的错觉。"多年过去了，这期间，那男人几乎是目不转睛地观察着门卫，他忘记了其他门卫的存在，似乎这第一个门卫是他进入法律之门的唯一障碍。他咒骂这倒霉的遭遇。开始几年，他的举止还无所顾忌，说话嗓门高大，后来日渐衰老，就只有咕咕哝哝、自言自语了。

他变得很幼稚，由于长年观察门卫，所以连他皮衣领子上的跳蚤也熟识了，于是他也请求它们帮忙，以改变门卫的态度。最后他目光黯淡，搞不清楚是四周真的一片黑暗呢，还是他的眼睛出了毛病。不过他现在在黑暗中发现了一丝亮光，它顽强地透过法律之门照射出来。现在他命在旦夕，临死之前，过去的所有经历在他的脑海里聚成了一个问题，这个问题他至今还没有向门卫提出。他示意门卫过来，因为他身体僵硬，已经不能站起来。

两个人身高的变化使那男人相形见绌，矮了一截，所以门卫必须深深地弯下腰，然后问道：“现在你究竟还想知道什么？”又说：“你太贪得无厌。”那男人说，“大家不是都想了解法律是什么吗？为什么多年以来除了我再无别人要求进入法律之门？”门卫发现那男人已行将就木，为了能触动他失灵的听觉器官，就吼叫着对他说，“其实其他任何人都不允许从这里进去，因为此门只为你一人所开。现在我要关门走人了。”

回家的路上

　　一场雷雨过后，人们应该抬头看看天上那种令人信服的力量！我感觉到了我的价值，它控制着我，尽管我不反对。

　　我朝着前方行进，我的速度是街道一侧的人走路的速度，是整条街道的人走路的速度，是整个区域的人走路的速度。

　　对于这个区，这条街道上所发生的一切，我都是有责任的。对那些敲门打户的夜游郎，对那些灯红酒绿之下的桌面上的阿谀奉承之词，对那些在床上无休止厮混的情侣，对那些甚至在新建筑物的脚手架上的约会，对那些在黑暗胡同里紧靠着房墙的守候，对那些在妓院里的小沙发上公开的寻欢作乐，一切的一切，我都要负责。

对于我的过去我是尊重的，至于我的未来却是反对的。但是，我觉得这两者都应该是卓越的，可这两者之中又没有一个能具备优点，想想也只是天道不公罢了，是天意庇护我，对于这一点，我必须谴责。

但是我进房间的时候，很少思考，而我上楼梯的时候也没有发现什么值得思考的东西。我打开窗户，让这扇窗户全部敞开。就如现在，我正在对着花园奏乐，可终究也无济于事。

敲门

　　那是发生在一个夏季的故事，那是一个炎热的白天。在回家的路上，我和妹妹从一家庭院门前经过。我不知道，她是出于恶作剧还是由于思想不集中敲了那扇门，或者她仅挥了挥拳头吓唬了一下，根本就没敲。往前再走一百步，在大路拐向左边的地方，就是村头了。我们并不熟悉这个村子，但我们刚刚走过第一家，人们就纷纷走出来和我们打招呼，有的和善友好，有的发出警告，有的甚至惊慌失措，有的慌得弓起了腰。他们指着我们经过的那家庭院，提醒我们曾敲过那家的门。那家庭院的主人将控告我们，调查将会马上开始。

我十分镇静，我也安慰着妹妹。她可能根本就没敲，即使她敲了，这世上到哪里也找不出证据。我力图让围着我们的人也明白这一点。他们认真听我说着，但却不愿做出判断。后来他们说，不光我妹妹，连我这当哥哥的也将受到控告，我微笑着点了点头。我们全都回头望着那家庭院，就像观望着远处的浓烟，等着看大火。果然，我们很快就看见几个骑马的人进了那家洞开的院门。尘土高高扬起，遮掩住了一切，只有长矛尖在闪闪发光。这队人马刚刚消失在院子里，似乎立刻就调转了马头，沿大路朝我们奔来。

我催妹妹离开，我将一个人了结一切。她拒绝把我一个人丢下。我说，可她至少也该换换衣服，穿件好点儿的衣服去见那些先生。她终于同意了，踏上了漫漫的回家之路。骑马的人已经到了我们身边，他们骑在马上打听着我妹妹的去向。她现在不在这里，回答小心谨慎，不过呆会儿就来。回答被漫不经心地录了下来。最重要的好像是他们找到了我。主要是两位先生，法官是个活泼的年轻人，他的助手沉默寡言，被称作阿斯曼。他们要我到农舍里去。在诸位先生锐利的目光的注视下，我摇头晃脑，手指拨弄着裤背带，慢慢地挪着脚步。

我还以为，只要一句话就足以使我这个城里人摆脱这帮乡巴佬，甚至还是很光彩地摆脱他们。可当我迈过农舍的门槛时，跳到前面等着我的法官说："我为这人感到惋惜。"毫无疑问，他这话指的不是我现在的处境，而是我以后的命运。这屋子看上去是个农舍，可更像一间牢房。大石板铺的地面，光线昏暗，光秃秃的墙壁，墙上有个地方嵌着一个铁环，屋当中放着那既当木板床又作手术台的东西。

除了这监牢的空气，我还能闻出别的空气吗？这是个大问题，说得更确切点，如果还有望获释，这问题就来了。

判决

那是一个美好的春天，星期日上午，一个叫乔治·贝登曼的年轻的商人坐在他家二楼的房间里，这是一座低矮的房子，属于那种简易建筑。这一带的简易房子是沿着河道向前伸展的，它们的模式都一样，只是在高度和颜色方面有些区别而已。

这时，乔治·贝登曼正写完了一封信，这封信是他写给他年青时代的朋友的，那位朋友现在都在国外，他觉得这样的方式很好玩。他磨磨蹭蹭地封好了信，然后他将胳膊支起来架在桌子上，望向窗外的河流、桥梁和对岸的高地，以及岸上已显示出的一种嫩绿的颜色。他突然回想起他的这位朋友，当时是怎样地不满意留在家里发展，于是在几年前想方设法地逃离了家庭，合法地前往俄国了。后来，他在彼得堡开了一家商店，开始的时候他也好过一段时间，但接着很长时间以来就变得不景气了。就像他的这位朋友在越来越少的拜访中向贝登曼诉说的那样。如此，他在国外的一切辛苦都显得徒劳了。

对于他朋友的脸他自然是很熟悉的，毕竟他们是从儿时玩大的伙伴，不过朋友的外国式的络腮胡子并没有将他的面部衬托出一种美感来，相反，他的黄皮肤似乎透露出他正在发展的病情。正如他所说的一样，他跟同胞们在那里的居住区没有一种正常的联系，和当地的居民也没有社交上的往来，这种种原因导致了他到如今依旧是单身一人。

跟这样一个人写信，应该写些什么呢？

像他这样一个众所周知的固执的人，一个令人惋惜的人，一个让人无法帮助的人，真的应该劝他回归故乡，恢复一切旧交——那是不成问题的——以取得朋友们的帮助吗？这样做的结果是，越是出于爱护他的好心，越是伤害了他的感情，如此而已。这样劝说就意味着他在国外的尝试失败了，他还得依靠国内的亲友，他还得像吃回头草的马一样被大家难以置信地惊奇一番。假如他真的回国，只有他的朋友们或许还理解他一些，他就得像一个大小孩一样追随那些在家发展并且事业有成的朋友了。此外，还有一点不能确定，他所遭受的痛苦有一个目的吗？也许根本就不可能把他劝回来——他自己就说过，他对故乡的情况已经陌生到一无所知的地步——所以，他尽管处境艰难，还是仍然决定留在外国，而那些劝他回国的建议却会使他愁眉苦脸，和朋友们更加疏远。退一步说，不过如果他真的接受建议，他在这里是不会被压垮的，当然，我们这里不是讲主观愿望，而是实事求是。他不生活在朋友之中，就没有办法明白这点，就会不好意思，就觉得真的不再有祖国，不再有朋友了；回来对他没有什么好处，所以他还留在国外，是这么回事吗？在这种情况下，真的很难想象他回来后会好好做点什么？

综上所述，如果还要和他保持诚实的书信来往，就不要对他打官腔，像一些无耻之徒对只有泛泛之交的熟人所做的那样。其实这位朋友只有三年多一点的时间不在国内。对此，他解释说，这是由于当时的俄国政治情况不稳定所导致的，这种不稳定迫使一个小商人不得不留在俄国，而就在这个时候，成千上万的俄国人却在全世界范围内大转悠，很显然，我朋友的这种解释只能说是一种应急的托辞。

在这三年中，乔治却发生了很大的变化。两年前乔治的母亲去世，从那以后他便和他年迈的父亲一起生活，对于这个情况乔治的朋友是知道的，他曾在一封信里曾以枯燥的语言慰问过他。当然，之所以语言枯燥，主要原因可能在于国外对丧事进行慰问是不可想象的事情。从那时起，乔治像处理其他事情一样，也以较大的决心对他的公司进行规划和调整，以期能够重新振作。当他母亲在世时，在公司里总是父亲一个人说了算，或许就是因为这样，父亲曾阻止过乔治进行自己的活动。

乔治的母亲去世以后，父亲依旧在公司里工作，就算这样，或许是因为工作上变得冷淡一些了——或许因为是时来运转吧——当然，这一切都只是或许而已。公司在最近两年有了出乎意料的发展。员工的数量几乎增加了一倍，营业额也翻了五倍，毋庸置疑，照这种情形看，公司还将继续发展。

朋友并不知道乔治这一期间的变化。一开始，他给乔治的慰问信中，也就是最后一封信中，曾劝说乔治到俄罗斯去发展，也就是到彼得堡去开一家分公司。分公司的规模不大，乔治也很认可这种规模。但当时乔治不想向他朋友报告他在业务上的发展，如果他现在补充叙述一下，那就真是会让他朋友惊奇一番的。

但乔治的信只局限于过去一些零乱堆砌的回忆。比如回想起某个宁静的星期天之类，他只是信笔挥洒过去的事情，这都是长期以来故乡给他的朋友留下的印象，朋友对这些印象是很满意的。乔治对朋友还通报了一个冷漠的男人和冷漠的姑娘的婚约，乔治和朋友的信，往返之间路隔千里，但乔治三次提到这件事，最后的结果是，朋友对乔治在信中的观点开始产生了兴趣。

乔治宁愿写这些事情而不想谈自己的经历。其实就在一个月以前他和一个富裕的名叫付丽达·勃兰登非尔德的小姐订了婚，他经常和未婚妻谈论这位朋友，以及他们之间特殊的通信联系，未婚妻说："他根本不会来参加我们的婚礼，但是我有权认识你所有的朋友。"

"可我不想打扰他。"乔治回答，"我很了解，他或许会来，至少我是这样认为的。但他有点被迫，并且会感到对他自己有所损害，或许他会嫉妒我，肯定不满意，但又没有办法消除这种不满，于是只能重新孤独地回去，孤独地——你知道孤独是什么吗？是的，那我们可不可以用其他方式让他知道我们结婚的事呢？"

"我不反对这样做，不过以他的那种生活方式，这不一定行得通。"

"如果你有这样的朋友真不应该和我订婚。"

"是的，这是我们两个人的责任。不过我现在并不想另做打算。"这时乔治吻着她，她有些喘气，但还接着说，"在这件事情上，我很伤心。"

不过乔治却认为，给朋友写信是很好办的。"我赞成，他必须容忍我。"他自言自语地说，"赞成我和他的友谊，恐怕除我本人外，再没有第二个人更合适了。"

事实上他在星期日上午写的那封信中已向他的朋友报告了他订婚的事。谈到这件事的时候，他说了这样的话："最后我向你报告一个最好的消息，我已已经和付丽达·勃兰登菲尔德小姐订婚，她的家境很好，相当富有，她是在长期旅行之后才定居在我们这里的，所以你不可能认识她，不过反正以后我还有机会向你详细谈到她。我现在很幸福，在我们彼此的关系中仅就这方面而言是发生了一些变化，作为你的朋友，我原本是平常的，现在则是幸福的，我想我的这种变化是足以让你高兴了。我的未婚妻要我代她向你真诚地问候，以后她还要亲自写信给你，她会成为你真诚的女友的，这对于一个单身汉来说还是一件很有意义的事情的。我知道你现在很忙，不可能来看望我们，不过参加我们的婚礼不正是你摆脱一些杂事的一个很好的机会吗？当然，你不要有太多顾虑，还是按你自己的想法做出决定。"

乔治手里拿着这封信，长时间地坐在桌子旁边，脸对着窗口。一个熟人从大街过来向他打招呼，乔治还给他的只是一个几乎难以察觉的笑容。

他终于将写好的信放进口袋里，然后他从自己的房里出来，经过一个小的过道走进他父亲的房间。他已经很久没有在父亲的这房间里待过了，应该有几个月了吧。平常，父亲也不勉强他进来。他和他父亲的接触经常是在公司里进行的，而且他们天天在一个饭馆里共进午餐。至于晚餐，大家则比较随意。但如果乔治不是事太多，经常和朋友们在一起，或者去看望未婚妻的话，他们父子还是常常一起坐在客厅各看各的报纸。乔治很惊奇地看到，甚至在今天上午这样阳光灿烂的日子里，他父亲房间的光线也这样暗淡。对面耸立着的一堵窄狭的院墙挡住了所有的阳光，

乔治进去的时候，父亲正坐在房间一角的窗口旁边。在这个角落里装饰了许多纪念品，是用来怀念乔治已经去世的母亲。父亲手里拿着的报纸偏向侧面，这样他可以调节眼力，桌子上放着剩下的早餐，看来父亲并未吃多少。

"啊！乔治。"父亲说着，立即迎面走来。沉重的睡衣在

走路时敞开着，下面的衣摆在他周围飘动着。——"我的父亲还总是一个巨人，"他想。

"这里真是太暗，"然后他说。

"是的，够暗了。"父亲回答说。

"你把窗户也关上了吗？"

"我喜欢这样。"

"外面已经很暖和了。"他像追怀过去一样，并且坐下。父亲收拾餐具，放在一个柜上。

乔治不再注意他父亲的动作，继续说：

"我想告诉你，我已经把订婚的事告诉彼得堡了。"他在口袋里将信捏了一下，又放下了。

"为什么告诉彼得堡？彼得堡？"父亲问。

"告诉我的朋友。"乔治说，并探索父亲的眼光。——"在公司里，他可是另外一回事。"他想，"他在这里多么大度啊！两臂交叉在胸前。"

"啊，给你的朋友。"父亲说这话时加重了语气。

"你可是知道的，父亲，起先我并没有透露订婚的事。考虑到，并不是出于别的原因，你自己知道，他是一个难以对付的人，我是说，虽然他和外界交往很少，不大可能知道我们的情况，但他还是有可能从别的渠道了解到我的婚约，这我无法阻挡。可是就我本心而言，他不宜知道我们的事。"

"而你现在又另有想法了吗？"父亲问，并将报纸搁在窗台上，眼镜又放在报纸上手正盖住眼镜。

"是的，我重新考虑过，如果他是我的好朋友，我是说，我的幸福的婚事对他来说也是一种幸福。所以我不再犹豫了，我就把这事情写信告诉他。然而我发信以前还是给你说一下。"

"乔治，"父亲说，将他无牙的嘴拉宽。"听着，你是为了这事来我这里讨主意的，你当然是出于好心。但这是小事一桩，不足挂齿。如果你不把全部事情的真情实况告诉我，我就不会管公司业务以外的事。自你母亲去世以后出现了一些不愉快的事情。也许她应该来了，或许她来得比我们想象的要早些。在公司，有些事我已经管不着了，这我知道——我现在根本就不想管，这一点，外人并不知道——我现在精力不够，记忆力衰退，我无力顾及所有事情，一方面这是自然规律，另外，老太太去世以后给我的打击之深超过了你。——但是因为我们现在涉及这件事情，涉及这封信。乔治，你不要骗我，这是件小事情，不值一提，所以你不要骗我，在彼得堡你真的有这么一个朋友吗？"

乔治尴尬地站起来，"我们不要谈朋友了，一千个朋友也替代不了我父亲，你知道我是怎么想的吗？你对自己爱护得不够，年龄大了应该得到合理的照顾。你在我的公司里是不可缺少的，这一点你知道得很清楚。但如果公司繁忙的业务影响到你的健康，那是不行的，我明天还是这样说，永远这样说。我们必须给你安排另一种生活方式彻底改变你的生活，你坐在黑暗之中，在房间里，你本来应该有充足的阳光，你胡乱用点早饭，而不是按规定加强营养；你坐在关着的窗户旁边，而空气流通对你有好处。不行，我的父亲，我要请医生来，我们将按他的指示办事，我们要更换你的房间，你应该住到前面房子里，我搬到这里。不再另打主意。一切有人料理，料理一切，我们还有时间，现在你就在床上躺一会儿，你绝对需要休息，就这样，我可以帮你换房间，你会明白我能办到，要么你现在就到前房去。你就在我床上躺一会儿。再说，你是很明智的。"

乔治刚站在父亲的身边，父亲这时满头蓬松的白发落在胸前。

"乔治，"父亲站着没动，小声地说。乔治立刻跪在父亲身边，他看着父亲疲倦的脸，觉得他眼角中直愣愣的瞳孔特别的大。"你说有朋友在彼得堡，你本是一个总喜欢开玩笑的人，连对我也不稍事收敛，你怎么会有一个朋友在那里呢？我一点都不相信。"

"你回想一下，父亲。"乔治说，把父亲从沙发上扶起，他站着，还是相当无力。这时，乔治替他父亲脱掉睡衣。"我朋友来看我们时距今已经过去快三年了，我还记得，你当时并不特别喜欢他。在你跟前我至少有两次否认他是我的朋友。尽管如此，他有两次坐在我的房间里，你不喜欢他，我完全可以理解，他有些怪僻；但其后你和他聊过一回，很谈得来。你听他讲话，既点头又提问，当时我对此还很得意。要是你想一想，你肯定能回忆起来，他当时还谈起过俄国革命的一些难以置信的故事。例如他在一次商业旅行到基辅时，在一次混乱中他看到一个牧师站在阳台上，用带血的十字架刺伤手掌，举起这个受伤的手，呼吁群众，你还将这个故事到处传说。"这时，乔治得以让父亲重新坐下，将他麻织裤衩上的罩裤和毛裤小心地脱了下来。在看到他的不怎么特别干净的背心时，他就责怪父亲疏忽，要给父亲更换一件背心，这肯定也是他乔治的责任。他还没有明显给未婚妻谈到如何安排他父亲的事，因为他们暗暗地定下了父亲应该留在老房子里。然而现在他忽然决定要将他父亲一起搬到他自己未来的新居去，但如果仔细观察一下，这种对父亲的照料似乎来得太晚了。他抱着父亲上床，这时他有一种可怕的感觉，他抱着向床前走了几步，这时他注意到，父亲在抚弄他胸口的表链，他不能立刻将父亲搁在床上，表链牢牢地系在自己身上。

他躺在床上，似乎一切都很好，他自己盖好被子，甚至特别将被子拉到肩上，他朝上望着乔治，眼神并非不友好。

"对吗？你想起了他吧？"乔治问，并且鼓励似的朝他点了点头。

"我现在盖好了吗？"父亲问，好像他看不到下面，不知脚是否盖得够。

"你喜欢在床上。"乔治说，给他周围的被子盖好。

"我盖好了吗？"父亲再次问，似乎特别注意乔治的回答。

"安静点！你的被子盖好了。"

"没有！"父亲叫起来，乔治的话被碰了回来。

父亲将被子一掀。转瞬之间被子立刻全部掀开了。父亲在床上用劲站起来了。

只是他将一只手撑着天花板。"我不知道，你要给我盖好被子，你这个饭桶，但是我的被子还没有盖好，这也是我最后的力量，但足以对付你了呢，绰绰有余。也许我认识你的朋友，他说不定还是我中意的儿子呢！在这个问题上，你也一直骗了他几年，究竟为什么呢？你以为我没有为他哭泣过吗！你把自己关在办公室，谁也不可以打扰你，经理忙着呢——就是为的写这封到俄国的骗人的信，幸亏无人启发父亲，以便看透儿子。如同你认为的那样，你已经打败了他，他败到如此程度，你的屁股坐在他头上，他一动一动。这时，我的公子决定结婚了。"

乔治这时看到了他父亲一副可怕的形象，父亲忽然如此了解彼得堡的朋友，这位朋友，还从来没有这样感动过他。乔治看着他消失在遥远的俄罗斯，他看见他站在空荡的被抢光的商店的门边，所有货架犹如一片废墟，他就站在这废墟之中，货物撕碎了，煤气灯支架掉落了，他还站在这一堆废物之中，为什么要去那么远的地方啊！

"看着我。"父亲叫喊起来。乔治几乎是心不在焉地向床前跑去，去抓住一切，但半路上停顿了。

"因为她撩起了裙子。"父亲说话的语气开始变得温和起来。

"因为她撩起了裙子,这真是一只令人讨厌的笨鹅。"父亲说完卷上他的睡衣,卷得特别高,以致他大腿上那块在战争年代留下的疤痕都露了出来。"因为她把裙子撩得太高太高,所以你才跟她粘上了,然后没有丝毫障碍地满意她了。你的这种行为玷污了对母亲的怀念,出卖了朋友,还把父亲搁在床上,使他不得动弹,但是他能不能动弹呢?"他说着完全身手自如地站起来了,甩着腿,他因为自己的明智而极度兴奋。

乔治站在角落里,离他父亲尽可能的远,他决心对一切进行仔细的观察,随时做着准备,如此,无论父亲怎样绕弯子也不至于遭到从背后来的、上面来的各种袭击而惊慌失措。他现在忽而又想起了他忘记好久的决定,忘记了,如同用一根短线穿过针眼一样,断了线。

"朋友没有被出卖!"父亲叫喊道。父亲的食指摇来晃去,这加强了他说话的分量。"我就是他在此地的代表。""你耍花招,"乔治不得不喊出来,但他立刻意识到这是一种损失,但已经迟了。他咬住舌头,眼睛直愣愣的,他咬住舌头痛得跌倒了。

"是的，我当然是耍了花招，花招这是个很好的词！"你对于年老的鳏夫，你的父亲，你还有什么别的安慰吗？说呀！回答的此时此刻，你还是我的活生生的儿子呀——给我留下什么呢？让不老实的人在我房间里跟踪我，直到我剩一把老骨头吗？而我的儿子则满世界地欢呼。关闭公司，这我已经准备好了。你由于消遣而翻了跟斗。板着一副诚实君子的面孔到你父亲跟前来。我已经不喜欢你了，从我这里出去吧，你认为呢？"

"他如果倒下去，会先向前倾斜的。"乔治心里想，同时他的这句话已经进入他的脑海，父亲开始向前倾斜，但并没有倒下去。因为乔治没有做出向他父亲前面靠的行为，如同他所预料的，父亲又站起来了。

"不要动，就在那里站着，我不需要你。你以为你还有力量到这儿来，不要过来了，因为你愿意这样，你没有弄错，如你所见我还是很强壮的，如果我孤单一人，或许我还会退让，但是你母亲给了我力量，我和你的朋友保持了良好的联系，你的顾客联系网都在我的口袋里。"

"在他衬衫上还有口袋。"乔治心里想，他觉得父亲的这一番话可以让他陷入死地。对于这事情他只思量了一会儿，他总是把什么事都忘记，他的记性不好。

"继续去和你的那个婆娘纠缠吧，反对我吧。我把她从身边抹掉，我知道，你根本没有任何办法。"

乔治作了一个鬼脸，看上去他压根就不相信，父亲只是点了点头，然而，他所说的一切都是事实，他向着乔治所站着的那个方面开始宣布了。

"你今天来找我谈话，当你来的时候，你问我是不是要写信将婚事告诉你的朋友。其实，你的朋友对这一切都是知道的，愚蠢的家伙，他什么都知道！我已经给他写过信，因为你忘记了拿走我的文房四宝。虽然这几年来他没有到我们这里，但他了解的情况比你本人知道的还要多。你写给他的信，他不看，揉成纸团放在左手里，而他的右手却捧着我的信在读。"因为太过激动，他的手臂在头上剧烈地摇晃着。"他知道的事情要比你知道的多一千倍！"他叫喊着。

"多一千倍！"乔治嘲笑地反驳着他父亲，但他的话还未出口，声音已经消失掉了。

"这么多年以来，我就已经注意到，你会带着这个问题找我的，你认为，还有别的问题可以折磨到我吗？你以为我在看报纸吗？这里！"他说这儿将一张报纸扔过来。这是压在床下的一张旧报纸，上面有一个乔治完全不认识的名字。

"在你成熟以前你犹豫了多久啊！母亲终究是要死去的，这种快乐的日子她是看不到的。朋友在俄罗斯毁灭了，早在三年以前他就因为黄热病而被驱逐出来了，我呢？正如你所看到的一样，我就是这个样子。你可是有眼睛啊！"

"你对我进行伏击！"乔治叫喊起来。

父亲同情地补充说："你本来是该说这话的，但现在通不过了，"接着他又大声地说："现在你知道了，除你之外，还存在点什么别的东西，从前你只知道你自己，你原本是一个天真的小孩，但你原本又是一个魔鬼似的人物！现在我就判决你们的死刑，判决你从此从这里消失。"

乔治感到自己是从房间里被强行赶出来的，他听到在他走出房间的时候，他的父亲在他背后往床上重重地一击，这一击的声音在他耳朵里久久回响。

下楼梯时，他感觉自己踩在台阶上的感觉犹如踩在一块倾斜的平板上赶路一样。接着，他碰到了他的女佣，她正要去收拾房子。

"我的天啊！"女佣用围裙捂着脸，但他却已经在女佣惊叫之前逃走了。在大门外，他纵身一跳，越过车道直奔大河，作为一个优秀的体操运动员，他一跃而上，如同一个乞丐一样牢牢地抓住了桥上的栏杆。他本来就是优秀体操运动员，这在他年青时代就曾经是他父母的骄傲。他吊在栏杆上，明显感觉到自己的手变得越来越软弱无力，但他仍然坚持着，在大桥的栏杆柱子之间，他看到有一辆汽车轻松地从他眼前驶过，汽车的喧嚣声或许会淹没他落水的悲壮之举。他轻声说："我的亲爱的爸爸妈妈，我可是一直爱着你们的啊！"说完这句话，他便落入水中。

在他落水的一刹那，其实所有来往的交通从来就没有中断。